きさらぎさんちは今日もお天気

古都こいと 作　酒井以 絵

Gakken

きさらぎさんちは
今日もお天気

古都こいと 作

酒井以 絵

Gakken

もくじ

※東洋医学についての考え方は様々あります。また、本書で取りあげている鍼灸治療やツボについては、鍼灸師である作者と相談し、子どもたちにわかりやすい表現で紹介しています。

お灸《きゅう》するなって言ったよね

「あのさ、オレが学校に行くまでは、お灸《きゅう》するなって言ったよね」

五月最後の月曜日。さわやかな朝だというのに、リビングに足をふみいれたとたん、オレの機げんは急降下《きゅうこうか》した。

ゆらり、とただようひとすじのけむりに線香《せんこう》じみたにおい。犯人《はんにん》は、窓辺《まどべ》にねころんで右足のすねにお灸《きゅう》をすえているオヤジだ。

「おはよう！　人生を達観する少年、青葉くん。いやあ、明け方に足がつっちゃってさ。痛《いた》いの、なんのって。てかおまえ、今朝《けさ》も芸術的《げいじゅつてき》なボンバーヘアだな」

思春期の少年のせんさいな心なんてとうてい理解《りかい》できないオヤジは、オレの神経《しんけい》を逆《さか》

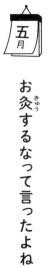

なですることを平気で言ってのける。ちなみに「達観」とは、いやなことや、悲しいことがあったとき、「今はつらいけど、これもいつかは終わるんだ」とか、「もしかしたら、この経験《けいけん》からなにか大切なことが学べるかもしれない」というように、物事を広い目で見ることだ。オヤジが言うほど、オレは達観しているつもりはないけど、まあ、うちもいろいろあるからさ。

「うるさいな、これから整えるんだよ」

たとえば、オレの天然パーマもいろいろあるうちの一つ。

オヤジは燃《も》えつきたお灸《きゅう》を、お灸消《きゅうけ》し用の灰皿《はいざら》に落とすと、「やれやれ」とわざとらしくため息をついて起きあがった。

「これだから反抗期《はんこうき》は。朝っぱらから、『肝火上炎《かんかじょうえん》』しなさんなって」

「意味不明だし」

オレは空気清じょう機のスイッチをおした。もちろん『強』だ。

説明すると、うちは、星乃森商店街《ほしのもりしょうてんがい》の一角にある『如月鍼灸治療院《きさらぎしんきゅうちりょういん》』。そしてオヤジはそこの院長。まあ院長とはいっても、従業員《じゅうぎょういん》は、いないいんだけどね。

一階が治療院《ちりょういん》になっていて、入り口には、三日月マークのロゴが染《そ》めぬかれたのれんがかかっている。で、その上には『如月鍼灸治療院《きさらぎしんきゅうちりょういん》』と書かれた看板《かんばん》がかかげてある。

オレたちの住居《じゅうきょ》は、二階と三階。二階までは外階段《かいだん》で上がるんだ。

建てられたのは九年前だから、商店街のなかでは比《ひ》かく的新しい店になる。

鍼灸治療《しんきゅうちりょう》は、千年以上も昔に中国で生まれた医療《いりょう》だ。

人間の体には「気」というエネルギーが流れているとされていて、この気の出入り口を「ツボ」と呼《よ》ぶんだ。

たとえば肩《かた》こりや腰痛《ようつう》、かぜ、おなかの痛《いた》み、花粉症《かふんしょう》。あとは、はだがかぶれやすいとか、おねしょのくせが治らないとか。

オヤジいわく、そういう症状《しょうじょう》は全部ツボに、こりや痛《いた》みとなってあらわれるんだって。

鍼灸師《しんきゅうし》は、ツボに鍼《はり》を打ったり、お灸《きゅう》をすえたりすることで、こうした症状《しょうじょう》をよくしていくんだ。

「そういえば」

と、肩《かた》のストレッチをしていたオヤジは、思いだしたように言って、オレに顔を向けた。

「一時間目の算数でミニテストがあるって言ってたよな。集中力がアップするツボにお灸《きゅう》をすえてやるから、ほら、T《ティー》シャツのそでめくって」

「うわっ、バカ。そんな、くさいもの持って近よんなっ」

お灸《きゅう》は、ヨモギという植物から作られる。すりつぶして丸めたヨモギに火を灯すことで「温熱作用」が生まれるんだけど、このときに出るにおいが線香《せんこう》そっくりなんだ。

小さいときは気にならなかったけど、去年、五年生の秋の遠足でバスに乗ったとき、となりに座《すわ》った女子から「如月《きさらぎ》くんって、いつもお寺みたいな香りがするね」って言われてさ。しかも、「それ、わたしも思ってた。いなかのおばあちゃんちみたいなにおいがするって」とか、「落ちつくにおいだよね」とか、ほかの子からも言われて……。家に帰ってすぐにオヤジに言ったよ。「オレがいるところでは、お灸禁止《きゅうきんし》！」ってね。

でも、オヤジは全然わかってくれなくて……。

「あっち行けって」

そのへんにあったチラシをうちわの代わりにして、オヤジもろともお灸《きゅう》のけむりをふきとばす勢《いきお》いであおぐと、

「ぐあ〜っ。飛ばされる〜」

めんどうくさい反応《はんのう》が返ってきた。

「ねえっ！　ポケットにティッシュを入れたまま洗《せん》たく機に入れたの、だれっ⁉」

バンッ、と勢《いきお》いよくリビングのドアが開いたかと思うと、弟の黄介《おうすけ》が、オレとオヤジをきっとにらんだ。

黄介は、オレと同じ星乃森南小学校《ほしのもりみなみしょうがっこう》（略《りゃく》して星南小《ほしみなしょう》）の三年生だ。頭もよければスポーツも万能《ばんのう》で、めんどう見もいい。おまけにサラサラのストレートヘア。

「青くん？　お父さん？」

ティッシュまみれになった体操着《たいそうぎ》を片手《かたて》に、ずいっとつめよられ、

「オレじゃない」

オレとオヤジは、ぷるぷると首をふった。おこった黄介は、家族のなかで一番こわいんだ。

「さーて、朝ごはん作ろうっと」

オヤジはわざとらしく大きな声で言って、台所ににげた。

残されたオレはというと、

「青くん」

「わかったよ……」

しかたなく、体操着《たいそうぎ》のティッシュをペタペタローラーで取るのを手伝った。そこへ、

「おはようごじゃります。ゴミ集めに来たよー！　プップー」

末っ子の碧《みどり》が『ゴミしゅうしゅう車』と油性《ゆせい》ペンで書かれた段《だん》ボール製《せい》の車を運転してきた。保育園《ほいくえん》の年長でわが家のアイドルだ。

「今日はね、ペットボトルの日！」

「はいよ。お願いします」

そう言うと、オレはペットボトルが入ったゴミぶくろをきゅっとしばって『ゴミしゅうしゅう車』にのせた。

碧は、「プップー」と元気よく言ってげん関前に出しに行った。

「ごはんできたぞー」

声にふりかえると、オヤジが目玉焼きとソーセージをのせた皿をテーブルに並《なら》べているところだった。

「碧、おはし出して」

「あーい！」

「青くん、ごはんは大盛《おおも》り？」

「うん、たのむ。おっ、みそしるの具、

タケノコじゃん」

「昨日《きのう》、タケノコほりに行った患者《かんじゃ》さんからおすそわけしてもらったんだ。ほら、さっさと食べないとちこくするぞ」

四つ並《なら》んだ茶わんに、四つの目玉焼き。

いつもの光景。いつもの朝。

うちは男だけの四人《にん》暮《ぐ》らしなんだ。


駅へと向かう人たちの流れに逆《さか》らって、朝日が降《ふ》りそそぐ商店街をずんずんと進んでいく。店のほとんどは九時から十時の間に開店するから、どこもまだシャッターやドアは閉《と》じたまま。

『ヘアサロン・ラピス』の前を通ったときだ。カランコロンとすずやかなドアベルの音

といっしょに、

「行ってきまーす」

ランドセルを背負《せお》った、同じく小六の横山伊吹《よこやまいぶき》が出てきた。

伊吹は、保育園《ほいくえん》のときからの幼《おさな》なじみだ。家が美容院《びよういん》ということもあって、オシャレで、いつも髪型《かみがた》がぴしっとキマっている。正直、うらやましいな、と思う。

「おはっ！」と、伊吹は元気にかけよってくるや、わざとらしく鼻をくんくんと鳴らして、オレの肩《かた》のあたりをかぎはじめた。それから、ちょっと残念そうな顔をして、こっちを見た。

「なーんだ。今日は、あんまりお寺くさくないね。おれ、好きなのに」

「お寺じゃなくて、お・きゅ・う」

ちなみに、伊吹の髪《かみ》の毛からは、シャンプーなのかワックスなのか、かんきつ系《けい》のさわやかな香りがする。つくづくうらやましい。

「昨日《きのう》、塾《じゅく》の帰りに玄斗《げんと》さんに会ったよ」

のに。

吹のお母さん」「伊吹のお父さん」、もしくはシンプルに、おばさん、おじさんって呼《よ》ぶ

なぜだか伊吹はオヤジのことを「玄斗さん」と名前で呼《よ》ぶ。オレは伊吹の両親を「伊

「オヤジに？」

「相変わらずカッコイイよな。背《せ》も高いし。大学生って言っても、余《よ》ゆうで通りそう」

「童顔なんだよ。家では朝からお灸《きゅう》をするオッサンだぞ」

オヤジは今年で三十三歳《さい》になる。毎日顔を合わせているから、ぴんとこないけど、世

間的には、イケメンらしい。しかもやたらと若《わか》く見えるから、オヤジといっしょに商店

街で買い物をしているのをクラスの女子に見られようものなら、翌日《よくじつ》かなりの確率《かくりつ》で

「如月《きさらぎ》くんのお兄ちゃんってカッコイイね」と、はしゃいだ声で言われる。

伊吹は頭の後ろで両手を組んだ。

「青葉さ、いつまでツンしてるの」

「え……？」

「低学年のときは、玄斗さんのこと大好きだったじゃん。オレのお父さんは、どんな病気やけがも治せる鍼灸師《しんきゅうし》で、難《むずか》しい漢字もたくさん書けるんだぞって、よくじまんしてただろ」

友よ……。なにゆえ朝から、オレの黒歴史をほりおこすのだ。

「漢字っていっても、ツボの名前だし」

鍼灸治療《しんきゅうちりょう》は、中国からわたってきたものだから、ツボや使われる用語はすべて漢字なんだ。

今朝《けさ》、オヤジが言っていた『肝火上炎《かんかじょうえん》』は、現代《げんだい》の日本語に訳《やく》すと、「イライラしている」や、「キレている」という意味。

オヤジにツンしている自覚はある。でも、これって半分以上は、空気が読めないオヤジのせいだと思う。

「てか、伊吹が親にデレ過《す》ぎなんだよ」

「デレてはない。ま、仲はいいけどね。昨日《きのう》も三人でゲームしたし」

伊吹はひとりっ子だ。しかも伊吹に言わせると、「おそくに生まれた子だから、でき愛されてる」だって。

星乃森商店街から学校までは、正式ルートで行けば十五分のきょり。でも、オレと伊吹は、毎日ちょっとだけ遠回りをしている。

「ふあーあ」

校門をくぐって、大きなあくびをすると、

「だいじょうぶか？」

伊吹がきいてきた。こういうとき「デッカイあくびーっ」とか、「ちょーねむそう」とか、からかわないで心配してくるあたりが、伊吹のカッコイイところだ。

「ふとん干《ほ》したくて、早起きしたんだ」

わが家の朝の家事は、基本的《きほんてき》に当番制《とうばんせい》。まあ、そうはいっても碧は小さいからゴミを集めたり、お茶わんを並《なら》べたりするくらいしかできないけれど。黄介は、今年から火を使わない料理なら一人でしてもいいことになった。

今朝《けさ》はオヤジが料理当番で、黄介が洗《せん》たく当番。オレは、「休み」の予定だった。でも、昨日《きのう》の夜の天気予報《てんきよほう》で、今朝《けさ》は晴れると言っていたから、三十分も早起きして、家族四人分のふとんを干《ほ》したんだ。

ちなみに、今朝《けさ》の「洗《せん》たく機ティッシュばくだん事件《じけん》」は、オレとオヤジの両方が犯人《はんにん》だった。黄介からは説教されるし、オヤジからは、「気が合うな」なんて気持ち悪いことを言われるし、最悪だった。

校舎《こうしゃ》は三階建てで、オレたち六年生の教室は三階にある。

階段《かいだん》を上りはじめたところで、

「玄斗さんって、患者《かんじゃ》さんから告白されたりしないの?」

と伊吹がきいてきた。

「え、なにとつぜん」

「再婚《さいこん》しないのかなって思って」

ああ、そういうことね。

「知らない。興味《きょうみ》ないし」

「まっ、青ちゃんったら、クールですこと」

「なにその口調」

「で、本音はどうなの？　玄斗さんが再婚《さいこん》したいって言ったら、やっぱりショック？　反対する？」

「だから、興味《きょうみ》ないって」

母さんが死んだのは三年前。クリーニング店から帰る途中《とちゅう》、いねむり運転をしていた車にひかれたんだ。

母さんは、明るくてさっぱりとした性格《せいかく》だった。だからオヤジが「再婚《さいこん》したい」と言ったとしても、あの世から相手の人をのろったりはしないと思う。

ただ、すっかり慣《な》れた男四人の生活に新しい母親が加わるのは、ちょっとっていうか、かなりめんどうくさそう、とは思う。

そんなことを考えていたせいで、オレはこのとき周りがまったく見えていなかったんだ。「青葉っ」と伊吹のあせった声が聞こえたと思った次の瞬間《しゅんかん》――。

ドンッ！

「うわっ」

「ひゃあっ」

教室から出てきた女子とぶつかって、しりもちをついた。

「ほんとうにごめんっ！　完全にオレの不注意だ」

保健室《ほけんしつ》で、オレはぶつかった女子こと、美村沙和《よしむらさわ》さんに謝《あやま》った。

オレはしりもちだけですんだけど、美村さんは左の足首を痛《いた》めてしまった。足をひきずりながら歩くのを見て、なかば強引に保健室《ほけんしつ》に連れてきた。それなのに、こんなときにかぎって保健室《ほけんしつ》の先生はいなくて……。

「ううん。わたしも考え事をしながら歩いていたから。それにもう、痛《いた》みも引いてきたからだいじょうぶだよ」

と美村さんは答えたけど、ほんとうにだいじょうぶなのかな。

「とにかく冷やそう」

オレは、冷とう庫から氷を取りだすと、アイスバッグにつめて美村さんにわたした。

「これ、痛《いた》むところに当てて」

「あ、うん。ありがとう」

美村さんはくつ下をぬいで、アイスバッグを左足の外くるぶしに当てた。

「如月くん、慣《な》れてるね」

「え……？」

「手当て」

ああ、そのことね。

「慣《な》れてるっていうか、うち、オヤジが鍼灸師《しんきゅうし》だから」

「しん……？」

「鍼灸師《しんきゅうし》。えっと、医療系《いりょうけい》ってこと」

「そうなんだ」

美村さんは「しんきゅうし、しんきゅうし」と頭の中にインプットするようにつぶやくと「たのもしいね」と言って、にこっと笑った。

星南小《ほしみなしょう》は毎年クラスがえがある。美村さんとは、六年生になってはじめて同じクラスになった。背《せ》も声も小さくて、ぱっと見は地味な子だ。でも、こうして近くで見ると、笑顔はやわらかいし、背中《せなか》までのびた髪《かみ》の毛はつやつやで、「天使の輪」が出ているし、結構《けっこう》カワイイかもしれない。——いやいや、カワイイってなんだよ、カワイイって。

「もうだいじょうぶ。ありがとう」

美村さんは、アイスバッグを足首から外した。でもそのすぐあと、「痛《いた》っ」と顔をしかめた。

「美村さん？」

「ごめん、ごめん。これはさっきのとは、ちがうの。えっと、わたしね、ピアノを習っているんだけど、もうじき発表会なんだ。それなのに、練習のしすぎで右手がけんしょう炎《えん》になっちゃったの」

けんしょう炎《えん》は、指やうでの使いすぎで起こる関節《かんせつ》の痛《いた》みだ。

「ドビュッシーの『月の光』をひくんだけど、まだうまくひけなくて。だからね、少しでも長く練習したいから、音楽の先生にお願いして、毎朝、音楽室のピアノで練習しているんだ。でも、なかなか上達しなくて……」

「そうなんだ」

とピアノのことをなにも知らないオレは、まぬけな返事しかできなかった。

それでも、なにか言ってあげたいというか、言わなきゃいけない気がして、必死で言葉を探《さが》した。でも見つかるよりも前に予れいが鳴って——。

「一時間目って、算数だっけ？」

空気を入れかえるように、美村さんが明るく言ったんだ。

「あ、うん。そうだよ」

オレもあわてて、明るく返した。それから美村さんといっしょにろうかに出た。

どびゅっしー、どびゅっしー、どびゅっしー。

うん、覚えたぞ。

時間がぐっと進んで、今は家の台所。

今夜の夕食当番はオレ。エプロンを着けて、冷蔵庫《れいぞうこ》を開ける。

「えーと、卵《たまご》、卵《たまご》。あとはタマネギだろう。それからトマトとキュウリと……」

メニューは、カツ丼《どん》とみそしるとサラダ。

あげ物は、オヤジがいっしょのときにしか作ってはいけないルールになっている。碧や黄介は、オヤジといっしょにごはんを作るのを楽しみにしているけど、伊吹いわくツンなオレは、そんなことはしない。

精肉店《せいにくてん》『豚々拍子《とんとんびょうし》』で特製《とくせい》トンカツを四人分買って、タマネギといっしょにだしのきいた卵《たまご》でとじるだけ。あとは、てきとうにちぎったレタスの上に、輪切りにしたキュウリとトマトをのせて、マヨネーズをかける。みそしるの具は、とうふとワカメ。

料理はきらいじゃない。時間はかかるけど、オヤジや弟たちが「うまいっ！」と言って、笑顔になるのを見るのはうれしい。

そうじやふとんを干《ほ》すのもそうだ。

ただ さ……、ときどき、むしょうに思うんだ。

「——オレの前世って、カリスマ専業主婦《せんぎょうしゅふ》（夫）だったのかな……」

だってほら、カツをなべでにている間に、まな板と包丁まで洗《あら》いおえちゃうんだよ。

小六にして、この手ぎわのよさ、すごくない？

まあ……、前世の話はじょうだんとして。

もしも母さんが生きていたら、オレも運動系《うんどうけい》のクラブに入って、土日は試合に明けくれたり（オレは、おやつ作りにつられて家庭科クラブに入った）、家に帰ったら自分の部屋に引きこもって、ゲームを楽しんだり、マンガを読んだりしていたのかな。あるいは将来《しょうらい》の目標に向かって、ばりばりと勉強したり。

うーん、でも元々《もともと》、ゲームやマンガにハマれるタイプではないんだよなあ。

ええっ、ちょっと待って。オレの好きなことってなに？

そんなことを考えているうちに、すい飯器がピーピーと鳴った。

「ごはんできたよー！」

大声で呼《よ》ぶと、ソファでうたたねしていたオヤジは、「ふがっ」と変な声を出して起きあがった。

「おなかすいたー！　あ、いいにおいー！」

「ごはん、ごはんー！」

黄介と碧がテンション高くリビングのドアを開ける。

うん、呼《よ》んだらすぐにやってくるのは、うちの家族のいいところだ。

「今夜のカツ丼《どん》は絶品《ぜっぴん》だな。ふわトロな卵《たまご》がサクッとあがったカツにからんで、口のなかが幸せになる。カツ丼《どん》があまい分、みそしるとの相性《あいしょう》もバッチリだ」

どんぶりを手にオヤジが芸能人《げいのうじん》の食レポのような感想を言った。その言葉に気をよくしたオレだけど、次の瞬間《しゅんかん》には、オヤジが着ているT《ティー》シャツが目に入って「ああっ、もう」と、うんざりとした気持ちになった。

「そのＴ《ティー》シャツ、いいかげん捨《す》てろって何度も言っているのに、また洗《せん》たくしたの？」

「Ｔ《ティー》シャツ？　うん。どこも破《やぶ》けてないし」

「えりもすそも、のびのびじゃん。色も、あせちゃってるし」

「ＳＤＧｓ《エスディージーズ》」

オヤジがドヤ顔で言う。なんだよ、それ。ちょっとおもしろくて、ふきだしちゃったじゃないか。

オヤジは身だしなみを気にしない。医療従事者《いりょうじゅうじしゃ》らしく髪《かみ》の毛はすっきりとした短髪《たんぱつ》にしているし、白衣のおかげで仕事中は、それなりに「キマって」いるようだけど、ふだん着は、まったくオシャレじゃない。昨日《きのう》なんて、カレーのシミがついたエプロンを着けたまま、リカーショップ『南極大陸《なんきょくたいりく》』までアイスを買いに行ったんだから。

オヤジがカッコイイとほめられるのは、おもしろくない。でも、ダサいって思われるのも、なんかいやなんだよね。

「オヤジは、おかわりナシだぞ。メタボになったら、患者《かんじゃ》さんに示《しめ》しがつかないからな」

如月鍼灸治療院《きさらぎしんきゅうちりょういん》の経営《けいえい》、ひいてはわが家の経済状《けいざいじょう》きょうを思ってビシッと指てきしてやると、

「そ、そんな無体《むたい》なっ」

お許《ゆる》しを〜、とオヤジはオーバーになげいた。それだけならスルーして終わりだったんだけど、黄介が、ずずっとみそしるを飲んで言ったんだ。

「青くんってさ、ちょっと仲江《のぶえ》さんっぽいよね」

「――うぐ」

ごはんがのどにつまる。仲江さんは、星乃森商店街にある『地獄《じごく》の釜湯《かまゆ》』という銭湯《せんとう》の先代女将《おかみ》だ。少しお節介《せっかい》で、なかなか手厳《てきび》しい。そして八十歳《さい》をこえている。ケホッ、ケホッとせきこむと、碧が「青ちゃん、おかぜ？」と、ごはんつぶがついた顔で心配してきた。

「落ちついて食べないからだぞ」

なんてオヤジまで言ってきたけど、そもそもの原因《げんいん》はオヤジだからな！

自分の食器は自分で流しに持っていく。これもうちのルールだ。みんなで手分けして食器を洗《あら》いおえると（オヤジが洗《あら》って、黄介があわを流して、オレがふいて食器だなにもどす。碧は応《おう》えんと、みんなの手をタオルでふく係）、

「そんじゃあ、おふろに入るか。黄介、碧、タオル持って。あ、青葉もいっしょに入るか？」

とオヤジが誘《さそ》ってきた。

「四人も入ったら、せまいじゃん」

とオレはそくざに断《ことわ》った。

オヤジたちがいなくなると、リビングは急に静かになった。なんとなく落ちつかなくて、テレビをつける。これといっておもしろそうな番組が見つからなかったから、とりあえずニュース番組にして、今月の家庭科クラブの課題、ハンカチの刺《し》しゅうに取りくむことにした。刺《し》しゅうのデザインは飛行機。完成したら、碧にプレゼントする約束だ。

テレビから歌が聞こえて、顔を上げると、さっきまでアナウンサーさんが映《うつ》っていた

画面に、男の子が映《うつ》っていた。オレと同じ年くらいの子だ。その子は、ばくげきによって破《は》かいされた町を、ぼろぼろのくつで歩きながら、ラップ調の歌をうたっていた。


なにもかもが変わって、あの日が失われた。

大好きな場所が燃《も》えて、笑顔が消えた。

ただ、ふつうに生きたいのに、どうしてこんなことに?

もうなにもうばわないで、傷《きず》つけないで。

あの日の空は青かった、今はただけむりが立ちのぼる。


気づけば、針《はり》を持つ手が止まっていた。

「これ、今の話なんだよな……」

この国が大きな国からせめられてから、もう一年以上が過《す》ぎた。

オレが毎日、学校に行ったり、ごはんを食べたり、クラブ活動をしたりしているときに、あの男の子は、命の危機《きき》にさらされているんだ。

なんていうか――。

「地球も刺《し》しゅうしよっかな」

そう思って青色の糸を針《はり》に通した。

しばらくの間、ちくちくと針《はり》と糸で地球をえがくのに集中していると、

「さっぱりしたーっ」

オヤジたちがふろから出てきた。このときには、テレビはバラエティー番組に変わっていた。

オヤジはグラスに注いだ牛乳《ぎゅうにゅう》を一気に飲みほすと、

「よしっ！　青葉、腰《こし》の治療《ちりょう》するぞ」

と言ってきた。

「なんで？」

「痛《いた》いんだろう」

——どうしてバレたんだろう。

実は、美村さんとぶつかったときに腰《こし》をひねっていたんだ。大したことないと思っていたけど、時間がたつに連れてズキズキと痛《いた》みは増《ま》していた。

「べつに平気だから」

とオレは返した。

確《たし》かに痛《いた》いけど、一晩《ひとばん》ねれば治るんじゃないかって思った。でも、そんなオレの思いを見すかしたように、

「腰痛《ようつう》をあまく見るな」

オヤジはマジな口調で言った。

「青葉、半年前にバク転をしようとして、ぎっくり腰《ごし》になったのを忘《わす》れたのか」

忘《わす》れてないよ。だってふつう、小五でぎっくり腰《ごし》デビューするなんて思わないでしょう。あのときはトイレに行くのも大変で、学校を三日も休んだっけ。

会話には入ってこないけど、ゆかに広げたジグソーパズルで遊んでいる黄介と碧も、

心配そうに、ちらちらとこっちを見てくる。

「わかったよ」

オレは観念した。

オヤジの治療院《ちりょういん》に来る患者《かんじゃ》さんは、患者着《かんじゃぎ》に着がえてからベッドの上で治療《ちりょう》を受ける。

でも、オレはわざわざ着がえない。T《ティー》シャツをぬいで、ソファの上でうつぶせになる。

オヤジは、シュッとアルコールスプレーで両手を消毒《しょうどく》すると、鍼《はり》をシャーレに並《なら》べた。

「どんな動作をすると痛《いた》みが強くなる？」

「えーと、前かがみになるときと、いすから立ちあがるとき、かな」

「わかった。それじゃあ、はじめるぞ」

そう言うと、オヤジはオレの腰《こし》に鍼《はり》を立てた。

トントンッという軽いしょうげきのあと、スッと鍼《はり》が腰《こし》につきささる。

鍼《はり》といっても、ぬい針《ばり》や注射針《ちゅうしゃばり》みたいに太くはないんだ。髪《かみ》の毛ほど細くて、やわらかい素材《そざい》でできているから、体にささっても全然痛《いた》くない。むしろ、かゆいところに手が届《とど》いたような心地《ここち》よささえある。

「何本、さしたの？」

「十本」

　マジか。そんなにささってるんだ。

「青葉は、腰《こし》の筋肉《きんにく》が結構《けっこう》かたいな。痛《いた》みが引いたら、毎晩《まいばん》ストレッチをしよう。腰《こし》がかたいままだと、けがをしやすくなるし、気持ちにえいきょうすることもあるからさ」

「気持ちにえいきょう？」

「背中《せなか》から腰《こし》にかけては、おこったり、喜《よろこ》んだり、悲しんだり、いろんな感情《かんじょう》を司るツボがあるんだ。だから背中《せなか》や腰《こし》がかたいと、感情《かんじょう》がうまくコントロールできなくなって、ちょっとしたことでおこったり、失敗したときに必要以上に落ちこんで、次の一歩がふみだせなくなったりすることがあるんだよ」

　変なの、とオレは思った。

「おこりっぽいのも、落ちこみやすいのも、性格《せいかく》じゃん。ツボや筋肉《きんにく》って、関係ある？」

「それが大ありなんだ。青葉は、『心身一如《しんしんいちにょ》』という言葉を知ってるか?」

「なんだっけ?」

「東洋医学の考え方の一つで、心と体は、つながっているという意味だ。心がつかれていたり、苦しかったりするときは、体も弱くなって、かぜや病気にかかりやすくなる。逆《ぎゃく》に、体が元気だと、心も元気になる」

「ふうん」

説明されても、よくわからなかった。オヤジも、オレが理解《りかい》してないことに、気づいたみたいだ。

「とりあえず、明日からストレッチして、体と心をほぐそうな。それじゃあ、このまま十分くらい置くから、その間にお灸《きゅう》するぞ」

そう言って、お灸《きゅう》の箱を開けた。

箱の中には、お灸《きゅう》のタネであるもぐさ(かんそうさせたヨモギをすりつぶしたもの)が入っている。オヤジはもぐさをひとつまみ取ると、一円ほどの大きさのピラミッドの形に整えた。そして、それをオレの腰《こし》にのせて、線香《せんこう》を使ってピラミッドのてっぺんに火を灯した。

「何個《なんこ》つけるの？」

「十二壮《そう》*。青葉は十二歳《さい》だから」

「なにそれ、誕生日《たんじょうび》のろうそく？」

「じょうだん。年齢《ねんれい》は関係ない。熱くないか？」

「平気。お寺くさいけど」

「くさいなんて言わない。お寺にも、ヨモギを育ててくれた農家さんにも、失礼だろう」

「――わかってるよ」

はだの上でお灸《きゅう》を燃《も》やすなんて聞くと、ばつゲームみたいに思うかもしれない。でも、オヤジのお灸《きゅう》は熱くないんだ。温泉《おんせん》につかったときみたいな、じんわりとした温かさが腰《こし》から全身に広がっていき――。

ああ……。温かくて、気持ちいい。

*壮《そう》…お灸《きゅう》を数える単位。一壮《そう》、二壮《そう》と数える。

治療《ちりょう》が終わると、腰《こし》がうそみたいに軽くなっていた。

前くつしたり、腰《こし》を回したりするオレを見て、

「だいじょうぶそうだな」

とオヤジは安心した顔になった。

「うん。えっと……、ありがとう」

「どういたしまして」

鍼灸《しんきゅう》道具を片《かた》づけていくオヤジの後ろ姿《すがた》を見ていたら、美村さんの顔を思いだした。

「あのさ、ピアノ……、じゃなくて、手首のけんしょう炎《えん》に効《き》くツボってあるの？」

「けんしょう炎《えん》？　手首痛《いた》いのか？」

「いや、オレは平気だけど……。あるのかなって思っただけ」

「青くん、ピアノ女子に恋《こい》したの？」

パズルをしていた黄介が、目をかがやかせてこっちを見た。

「恋《こい》？　は？　なに言ってんの」

「マジ？　青葉、初恋《はつこい》？」

「だから、ちがうって。なんでオヤジがうれしそうなんだよっ」

言っておくけど、オレの初恋《はつこい》相手は保育園《ほいくえん》のカオル先生だ。

「青ちゃん、けっこんするの？」

碧まではしゃいだ声で言ってくる。

「ちがうって言ってんだろっ！」

思わず大声でどなると、碧はびくんと体をふるわせた。やばい泣く、とあせったけど、
碧はなみだをがまんして、オヤジにだきついた。

「青葉……」

「青くん……」

なんだよ、オレが悪いのかよ。

「オヤジたちがしつこいからだろ」

オレは三階の自分の部屋にかけこんだ。――自分の部屋といっても、黄介との二人部

屋だけど。

二段《だん》ベッドの下段《げだん》に乱暴《らんぼう》にダイブすると、ふとんから、おひさまのにおいがした。大好きなにおいなのに、いつもみたいに気持ちよくはならなかった。

土曜日は、授業参観《じゅぎょうさんかん》だった。

「如月くんのお父さん、若《わか》っ！」

「しかも、めっちゃイケメンじゃん！」

あーはい、そうですね。

「弟くん、カワイイ！」

「天使みたーい！」

そうでしょう、そうでしょう。

周りの子たちがはしゃいだ声で話しかけてきても、オレは一度もオヤジをふりかえらなかった。碧の、「青ちゃん、青ちゃん」と呼《よ》ぶ声には、小さくふりかえってピースサインを送ってあげたけど。

授業《じゅぎょう》は算数だった。いちばんの得意《とくい》科目だけど、手を挙げて答えるなんてことはしない。へたに張《は》りきって、あとで友だちから「なにカッコつけてんだよ」と、からかわれたくないしね。

キーンコーン、カーンコーン。

授業《じゅぎょう》が終われば、そく退散《たいさん》。カラフルなランドセルの大群《たいぐん》と、保護者《ほごしゃ》たちで、ろうかはごったがえしている。でも、商店街育ちのオレは、人混《ひとご》みをすりぬけるのは得意《とくい》なんだ。

くつ箱で、くつをはきかえていると、「如月くん、もう帰るの?」という声が聞こえた。

ふりかえると、音符模様《おんぷもよう》のレッスンバッグを持った美村さんがいた。

「美村さんも、早いじゃん」

「ピアノのおけいこがあるから。それにうち、お母さんが仕事を休めなくて、来てないから」

「そっか」

「如月くんちって、仲いいんだね。お父さんも弟くんも来てくれるなんて」

「ああ、うん」

くつをはく美村さんの動きはスムーズだ。よかった。左足首はだいじょうぶみたい。

「お母さんも来てるんでしょう?」

「来てない。うち、母親死んでるから」

「あ、そっか……。そうだったね、ごめん」

美村さんは、あせった顔になった。

母さんのそうぎには、ほかのクラスの子も来てくれたから、美村さんもいたのかもしれない。でも、三年も前のことだしね。忘《わす》れていても不思議じゃないか……。

「ほんとうにごめんなさい。えっとわたし――」

「いいよ、謝《あやま》らないで」

母さんが亡《な》くなっていることを話すと、大人《おとな》も子どももなぜか謝《あやま》ってくる。それはきっと、オレへの気づかいなんだろうけど、謝《あやま》られると「いいよ」って許《ゆる》さないといけなくなる。それがほんとうになんていうか――。

「めんどうくさい……」

無意識《むいしき》に、心の声が出てしまった。

「ご、ごめん」

美村さんは、さらに謝《あやま》ってきた。

「ちがう、ちがう。今のはそういう意味じゃなくて、オレが悪かった。ごめん」

くつ箱で謝《あやま》りあう六年生。ああもう、なにやってるんだろう。

「えっと、わたし、行くね。また月曜日に」

「うん。月曜日……。いや、火曜日でしょ」

「そっか、月曜は今日の代休だっけ。じゃあ火曜日に」

美村さんが小走りで去っていくのをなんとなく見送っていると、

「青葉ー」

オヤジのはずかしいくらいに大きな声が聞こえた。ふりかえると、同じく授業参観《じゅぎょうさんかん》だった黄介もいて、「青くん、おつかれさま」なんて、大人《おとな》ぶった口調で言って、手をふってきた。

碧と手をつないだオヤジは、

「こんな所にいたのか。先に帰っちゃったのかと思って、あせったわ」

と言ってスリッパをぬいだ。

ああ、うん。そのつもりだったんですけど。

ぽかぽかとした日差しのなか、オヤジたちから五メートルくらいはなれてついていく。並《なら》んで歩かないのは、オレが「ツン」だから——ってわけではなくて、横に広がって歩いたら通行人のじゃまになるから。オレは、気のきく少年なんだ。

その香《かお》りがただよってきたのは、近所の公園の前を通りかかったときだった。ふわりと全身を包みこむようなあまい香りに、体がぎくりと強ばる。

早ざきなのか、このあたりでは六月に入るころに、真っ白なクチナシの花がいっせいにさきはじめる。

「あっ、親分だ！」

碧がクチナシのしげみを指さした。目で追うと、右耳にV《ブイ》字の切れこみがある、オレンジ色と黒のしま模様《もよう》が体じゅうを走った「トラがら」の太ったねこがのんびりと姿《すがた》を現《あらわ》した。

この、かわいさよりかん録《ろく》を感じさせるねこは、星乃森商店街公認《こうにん》の*地域《ちいき》ねこだ。オレたちは、「親分」と呼《よ》んでいる。

*去勢手術《きょせいしゅじゅつ》がすんでいるねこは、けんかをしない、おだやかな性格《せいかく》になるらしいけど、親分はこの地域《ちいき》のボスねことして君臨《くんりん》しつづけている。

「にゃおーん」

「親分！　いっしょに帰ろっ」

碧は親分をだきあげようとした。でも、親分はひらりと碧の手をかわして、クチナシのしげみへと姿《すがた》を消した。

「親分、今日はいそがしいんだよ」

オヤジは碧の頭をぽんぽんとなでた。オレは、一秒でも早くクチナシのにおいが届《とど》かない場所に行きたくて、

「先行ってる」

とズボンのポケットに両手をつっこんで歩きだした。

オレは、クチナシが苦手だ。

なぜなら、母さんが事故《じこ》にあったとき、この花の絵をかいていたから。

母さんは、オヤジより十二歳《さい》も年上だった。二人は、鍼灸師《しんきゅうし》を育成する専門《せんもん》学校で出会った。母さんはその学校の先生で、オヤジは生徒だった。入学してすぐに、オヤジは

＊地域《ちいき》ねこ…特定の飼《か》い主はおらず、その地域《ちいき》の住民がいっしょに世話をしているねこのこと。
＊去勢手術《きょせいしゅじゅつ》…子どもをつくる機能《きのう》をなくす手術《しゅじゅつ》のこと。

母さんのことを「素敵《すてき》な先生だな」と思ったらしい。でも、そのときには、母さんはほかの男性《だんせい》と結婚《けっこん》していた。

オヤジが専門《せんもん》学校の二年生のとき、母さんは産休で、しばらくの間、学校を休んだ。

そしてもどってきたときには、母さんの名字は変わっていた。

母さんが産んだ赤んぼうは、オレだ。オレのほんとうの父親は、オレの顔を見ることもなく、妊娠中《にんしんちゅう》の母さんを置いて、出ていったそうだ。

オヤジは、シングルマザーとなった母さんと、生まれたばかりのオレの力になろうと、猛《もう》アプローチしたらしい。

そして、オヤジが鍼灸師《しんきゅうし》の国家試験に合格《ごうかく》した年に、母さんとオヤジは結婚《けっこん》した。このときオレは二歳《さい》だった。次の年には黄介が生まれて、それから三年後には碧が生まれた。

しっかり者の母さんと、ちょっとぬけているオヤジ。知りたがりの黄介に、小さくてかわいい碧、そしてオレの五人家族だった。

毎朝、母さんが「起きなさーいっ！」ってさけんで、家族みんなで朝ごはんを食べる。

オヤジと母さんに、「いってらっしゃいっ！」って見送られて学校へ行く。帰ってきたら、またみんなでごはんを食べて、ソファに並《なら》んでテレビを観たり、おふろに入ったり。母さんは、食器を洗《あら》ったり、洗《せん》たく物をたたんだり、碧をあやしたりしながら、いつも鼻歌をうたっていた。オレと黄介は、わざとじゃまをして、軽くおこられるのがちょっと楽しかったんだ。

母さんの誕生日《たんじょうび》に、オヤジと黄介といっしょに、ケーキを焼いたこともある。できあがったケーキは大成功！　母さんはすごくうれしそうに笑って、「来年も作ってね」と言ってくれたんだ。

でも——。

母さんが事故《じこ》にあったとき、オレは遠足で植物園に行っていた。伊吹といっしょにクチナシの花を写生していると、担任《たんにん》の先生があわてた顔で走ってきて、母さんが事故《じこ》にあって病院に運ばれたことを教えてくれたんだ。

急いで病院に向かったけど……。

とう着したときには、母さんは息をしていなかった。

「青ちゃん、待ってー」

「青くん、速いよー」

碧と黄介の声に、はっと我《われ》に返る。いつの間にか、星乃森商店街の中を歩いていた。

「そんなに腹減《はらへ》ってるのか」

オヤジたちが息を切らしてやってくる。

オヤジががげん関のかぎを開けるのを碧と手をつないで待っていると、「青ちゃん」と碧が手を引っぱった。

「なに、碧？」

顔を近づけると、

「インドー」

碧は右手をのばして、ひとさし指でオレの眉間《みけん》をおした。

「へ？」

「青ちゃん、悲しいの？」
「え、どうして？」
「あのね、まゆげとまゆげの間には、【印堂《いんどう》】っていうツボがあるんだよ。悲しいことがあると、ここにシワが寄《よ》っちゃうって、お父さんが言ってたの。青ちゃんも、ここにシワがあったよ」

オレは、このまえオヤジに教えてもらった『心身一如《しんしんいちにょ》』の話を思いだした。心がつかれていたり、苦しくなったりすると、体も弱くなって、かぜや病気にかかりやすくなる。逆《ぎゃく》に、体が元気だと、心も元気になる。

碧はまだ、オレが異父《いふ》兄弟だということを知らない。母さんが亡《な》くなったとき、碧は二歳《さい》だった。だから、碧は母さんが作る卵焼《たまごや》きの味も、調子っぱずれな鼻歌も覚えていないかもしれない。それでも碧は母さんに似《に》て、すごく優《やさ》しい。

「ちょっとだけね。でも、もう平気。ありがとう」

母さんはいない。オヤジも弟たちもストレートヘアなのに、オレだけ天パだ。

好きなことも、将来《しょうらい》の夢《ゆめ》も特にない。

だけど、オレには家族がいる。


火曜日の朝は、いつもよりも早く起きた。

「あれ？　もう行くの？　日直か？」

歯をみがきながらきいてきたオヤジに「そんなところ。あ、可燃《かねん》ゴミ出しておくから」と答えて家を出た。

まだみんな登校していなくて、静かなろうかにオレのかげが長くのびていく。

音楽室に近づくと、ピアノの音がだんだんはっきりと聞こえてきた。

そっととびらを開けると、音楽室は朝日で満ちていた。レースのカーテンが風でふわりとふくらんで、その向こうには、真けんな表情《ひょうじょう》でピアノをひく美村さんがいた。

すごいな、と心から思った。ピアノがひけることもすごいけど、こんなふうに真けんに打ちこめるものがあるなんて、ほんとうにすごいし、それに……、うらやましい。

ひきおわった美村さんにはく手を送ると、美村さんはおどろいた顔でオレを見返した。

「え……、如月くん？」

「すごいじゃん！　ノーミスでひけたね」

「ええっ、そんなことないよ。いくつかひきまちがえたし、リズムもずれていたから」

そうなんだ。ドビュッシー、強敵《きょうてき》だな。

「ごめん。オレ、ピアノのこと、全然知らなくて」

「ううん」

美村さんは、楽譜《がくふ》を閉《と》じて立ちあがると、オレに向かって頭を下げた。

「如月くん、ごめんなさい」

「え、なに」

なんで謝《あやま》られてるの、オレ。

美村さんは、頭を上げた。

「授業参観《じゅぎょう》の日、くつ箱のところで、如月くん、お母さんが亡《な》くなっていることを教えてくれたでしょう」

「うん」

「あのね、うちのお母さん、ほんとうは、お仕事がお休みだったの。それなのに、うそをついちゃったから。それを謝《あやま》りたかったの」

――へ？

「えっと、なんで、そんなうそをついたの？」

美村さんは、オレから目線をそらした。

「お母さんに来てほしくなかったから。だってわたし、みんなみたいに手を挙げて発言とかできないし。見学されても、全然、いいところを見せられないから。だから、お母さんに、来ないでって言っちゃったの。お母さん、すごく楽しみにしていたのに……。わたし、いやな子だよね。如月くんにも、うそついちゃったし、ごめんね」

美村さんは、しゅんと肩《かた》を落とした。美村さんには悪いけど、落ちこむ美村さんを見て、オレはなんだかほっとしてしまった。

そっか。美村さんでも、親に反こうしたり、クラスメイト（オレ）の前でカッコつけたりするんだ。

オレは、美村さんに一歩近づくと自分の手首の真ん中を指さした。

「ここね、【大陵《だいりょう》】っていうツボの場所なんだ。手首が痛《いた》いときにおすといいんだって。あと、練習の前の準備体操《じゅんびたいそう》として、一回につき五秒間おすのを三回くりかえすと、手首がやわらかくなるんだって」

昨日《きのう》オヤジから教わった知識《ちしき》をそのまま伝えると、

「ここ？」

と美村さんは、右手の【大陵《だいりょう》】をおした。

「うん、そこ。あのさ、ピアノの発表会にはお母さん、来るの？」

「うん、来るよ。発表会は来てくれないと不安っていうか、見てほしいから」

「じゃあ、いいんじゃないかな」

「え……？」

「親っていっても、美村さんとはちがう人間なんだからさ。見せたい部分と、見せたくない部分があっておかしくないよ。そばにいてほしいときに、それが言えるのなら、全然、いやな子じゃないよ」

うれしいことがあったとき、オレが真っ先に伝えたいと思う相手は母さんだ。それはきっと何年たっても変わらない。

でも、本気で困《こま》ったとき、「助けて」と言う相手は、オヤジなんだ。

だってオレは知っているから。どんなに反こう的な態度《たいど》をとっても、はなれて歩いても、オヤジはいつだって、オレたち兄弟を全力で見守ってくれていることを。

美村さんは、指先でけんばんをポーンと鳴らしたあと、もう一度【大陵《だいりょう》】をおした。

「こんなところにツボがあるなんて知らなかった。ありがとう。これから練習前に毎回やってみるね」

ふふっとほほえむ。やっぱり美村さんって、カワイイかも。

そう思ったとたん、ほほが熱くなって、心臓《しんぞう》がドキドキしてきた。なんだか気はずかしくて、窓《まど》の外に目をやると、朝日といっしょにさわやかな風がふいてきた。その風にクチナシのあまいにおいが混《ま》ざっていたけれど、いつもみたいに、しずんだ気持ちにはならなかった。

「あのさ……」

オレは窓《まど》から美村さんに視線《しせん》をもどした。

「ピアノの発表会って、いつあるの？」

如月《きさらぎ》さんちの今日のツボ❶

お話に出てきたツボをしょうかいするよ！

印堂《いんどう》

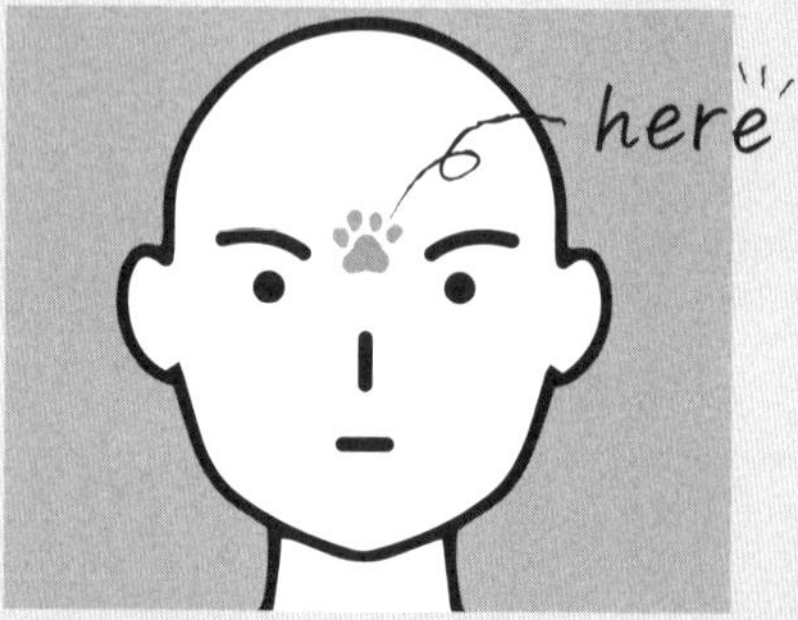

▲左右のまゆ毛の真ん中にあり、さわると少しくぼんでいます。

効《き》きめ

◆**気持ちが落ちつく**：きんちょうしたりイライラしたりするときにおすと、心が落ちつきリラックスできます。

◆**鼻どおりがよくなる**：鼻水や鼻づまりで息が苦しいときにおすと、鼻がスーッと通りやすくなります。

◆**集中力がアップする**：勉強やテストの前におすと、集中力がグーンと高まり、もっとがんばれるかも！

おし方

❶ リラックスできる場所に座《すわ》って、深呼吸をして心を落ちつけましょう。

❷ 印堂《いんどう》を見つけます。

❸ ひとさし指や、なか指を使って、印堂《いんどう》を優《やさ》しくおしてください。

❹ そのままゆっくりと円をえがくようにマッサージしましょう。

❺ 10〜15秒くらいマッサージしたら、力をぬきます。これを2〜3回くりかえしましょう。

悲しいときや苦しいときって、眉《み》間《けん》にグッと力が入っちゃうよな。そういうときは、【印堂《いんどう》】をおして気持ちをスッキリさせよう。きっと元気になれるニャ。

※小さな力でおすことが大切です。気持ちよいと感じる強さでおこなって、痛くなったら、すぐにやめてください。
※爪が長いと、はだを傷つけてしまうことがあるので、あらかじめ爪を短く切っておくと安全です。
※目の近くなので、指が目に入らないように気をつけましょう。
※ツボの効き方は人それぞれ違います。効果を感じにくいときもあるかもしれませんが、あまり心配せずに続けてみてください。

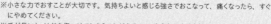

大陵《だいりょう》

▲手首のしわ（手首を曲げたときにできる線）の真ん中にあります。（ツボは左手にもあります）

効《き》きめ

◆**リラックス効果《こうか》：**ストレスや心配事でモヤモヤしているときにおすと、心が落ちつきます。

◆**手首のつかれがとれる：**楽器をひいたり、スポーツのし過《す》ぎで手首がつかれていたりするときにおしてみて。血のめぐりがよくなって、スッキリします。

◆**おなかがすっきり：**不安やきんちょうでおなかがぎゅっと痛《いた》むときにおすと、スーッと楽になります。

おし方

❶ リラックスできる場所に座《すわ》って、深呼吸をして心を落ちつけましょう。

❷ 大陵《だいりょう》を見つけます。

❸ 片手の親指を使って、大陵《だいりょう》を優《やさ》しくおしてください。

❹ 息をはきながら、痛《いた》くない程度《ていど》の力でおしましょう。

❺ 5～10秒くらいおして、ゆっくりとはなします。これを2～3回くりかえしましょう。

ふだんから【大陵《だいりょう》】をおすと、手首がやわらかくなり、ケガを予防《よぼう》できるぞ。きんちょうをほぐすツボでもあるから、試合や発表会の前にもおすすめだニャ。

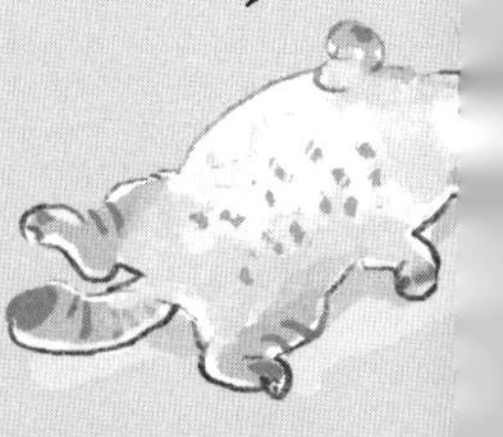

※あまり強くおしすぎないようにしましょう。痛くなったら、すぐにやめてください。
※手首が熱くなっているように感じたら、炎症が起きているかもしれません。まずは病院に行って診てもらいましょう。
※ツボの効き方は人それぞれ違います。効果を感じにくいときもあるかもしれませんが、あまり心配せずに続けてみてください。

あの日のUFO《ユーフォー》

六月に入って、黄介《おうすけ》のクラスに若宮勇輝《わかみやゆうき》くんという転入生がやってきた。

若宮くんは、保育園《ほいくえん》の年中までは星乃森町《ほしのもりちょう》に住んでいたそうだ。それで、このたび家庭の事情《じじょう》とやらで、この町にもどってきた。

その若宮くんと黄介は保育園《ほいくえん》のとき「ワカちゃん」「オウくん」と呼《よ》びあう親友だったらしい。

久《ひさ》しぶりに再会《さいかい》した二人は、思い出話に花をさかせるうちに「あの日」のことを思いだした。

あの日、年中さんだった二人はなかよし保育園《ほいくえん》のたんぽぽ組のみんなと春の遠足で、そよかぜ公園に行った。

そのときとつぜん、ゲリラ豪雨《ごうう》におそわれて、みんなで東屋《あずまや》*にひなんすることになった。その途中《とちゅう》、ワカちゃんは砂場《すなば》のどろに足をとられて転んでしまったんだ。

「ワカちゃんっ！」

黄介が助けおこした次の瞬間《しゅんかん》、ドシャーン！　と、ひときわ大きな雷《かみなり》が鳴り、周囲《しゅうい》の景色《けしき》が一瞬《いっしゅん》、真っ白になった。びっくりして目を見開いた二人の視界《しかい》に、なんとUFO《ユーフォー》が入った。銀色に光りかがやく円ばん形のUFO《ユーフォー》で、森の向こうにうかんでいたらしい。

「ずっと気のせいだと思っていたんだけど、昨日《きのう》の放課後、ワカちゃんと話して、やっぱりあれは本物のUFO《ユーフォー》だった、っていうことになったの」

まじめな顔で力説する黄介に、

「そっかー」

とオレは気のない返事をした。

今日は日曜日で、一階の『如月鍼灸治療院《きさらぎしんきゅうちりょういん》』は休診日《きゅうしんび》。オヤジと碧《みどり》は、朝ごはんを食

＊東屋《あずまや》…屋根と柱だけで、かべのない建物。公園や庭園で休けい所などに使う。

べおえると、碧が好きな戦隊ヒーローのショーを見に出かけた。

ソファにねころんで、伊吹《いぶき》の家でゲームでもしようかな、それとも家庭科クラブで先週習ったオレンジジュースのゼリーでも作ろうかな、なんてことを考えていたら、黄介がワカちゃんを家に連れてきた。

二人そろって、オレに相談したいことがある、なんて真けんな顔をして言ってくるものだから麦茶まで出したのに、UFO《ユーフォー》話って……。

「あの……。ぼくたち、ほんとうに見たんです」

ワカちゃんが、おどおどとした視線《しせん》をオレに向けた。つるんとしたおでこに、メガネのおくの、くりっとした目。うーん、この顔、どこかで見たことがあるような気がするんだけど、どこだったかな。

「うそだなんて、思ってないよ」

うん、ほんとうに、うそだとは思わない。

宇宙《うちゅう》はとてつもなく広いらしいし、地球以外の星に、生命体がいても、おかしくないと思う。ただ――。

「オレにどうしろって言うの？」

だってオレ、ふつうの小六だよ。UFO《ユーフォー》を呼《よ》んだり、宇宙人《うちゅうじん》と交信する能力《のうりょく》なんて、持っていない。

黄介は、麦茶を飲みほすと、オレをまっすぐに見た。

「あのね青くん。ぼくたちは、あのとき見たUFO《ユーフォー》の正体を確《たし》かめたいんだ」

「青葉《あおば》さん、お願いします。ぼくたちの仲間になってください！」

「ちょっ、ちょっと待って」

ええっと、つまり黄介たちが言いたいのは……。
一、年中の春の遠足で見たUFO《ユーフォー》は本物だったのかを知りたい。
二、本物だった場合、UFO《ユーフォー》はまだそこにあるのかを確認《かくにん》したい。
三、もうそこになくても、UFO《ユーフォー》があったという証拠《しょうこ》を見つけたい。
――と、いうことだよね。うんうん、りょう解《かい》。そこまではのみこめました。でもさ、やっぱりなぞなんだ。

「なんでオレなの？」

オレの質問《しつもん》に、黄介は、「ここまで話しても、まだわからないの？」といった顔をした。

「あのね、青くん。そよかぜ公園は、学区の外にあるんだよ」

ああ……、そういうことね。

同じ市内とはいえ、星乃森商店街《ほしのもりしょうてんがい》からそよかぜ公園までは、自転車で三十分はかかる。

遠足のときはバスを使ったはずだ。そして、星南小《ほしみなしょう》では、学区の外に出るときは、おうちの人についてきてもらう、という決まりがある。

「おうちの人？」

と、オレは自分を指さした。

「おうちの人」

と黄介はまじめな顔でうなずいた。

オレは思わず天井《てんじょう》を見上げた。

「先生たちが言う、おうちの人って、大人《おとな》のことだよ。オヤジは、今日はもう出かけちゃったけど、ワカちゃんの親には、たのまなかったの？」

そうきくと、ワカちゃんは、悲しそうな顔をした。

「お母さんは、しゅーしょくかつどー、でいそがしいんです。おじいちゃんは時計修理《しゅうり》店のお仕事があるし……」

「時計修理《しゅうり》店？」

「ワカちゃんのおうちはね、『時空旅行《じくうりょこう》』なんだよ。店長さんは、ワカちゃんのおじいちゃんなんだ」

『時空旅行』は、星乃森商店街の駅側、改札口近くにある店だ。ああそうか、ワカちゃんの顔は『時空旅行』の店長さんにそっくりなんだ。

「お願いします！」

と小三コンビはいのるように顔の前で手を合わせた。

「青くんだけがたよりなんだ」

「ぼくたちといっしょに来てください」

UFO《ユーフォー》探《さが》しか……。うーん。

かべにかかった時計を見ると、まだお昼の一時を過《す》ぎたばかりだった。レースのカーテンごしに差しこむ日差しは明るく、外は晴天。

ゲームも、ゼリー作りも、いつだってできる。

うん、よしっ。

「わかった。お兄ちゃんがいっしょに行ってあげよう！」

二人に向けて、ぐっと親指を立てた。


そよかぜ公園は、星乃森町で生まれ育った子どもなら、必ず一回は遊んだことがある公園だ。

つり橋つきのアスレチックやターザンロープといった大型《おおがた》の遊具に、水遊びができるふん水広場。それからバーベキュー施設《しせつ》まで完備《かんび》してあって、日曜日ともなれば、はしゃぎまわるちびっ子や、その子たちの家族でいっぱいだ。

オレたちはまず、公園内に設置《せっち》された案内板で、黄介とワカちゃんがUFO《ユーフォー》を見たという場所を確認《かくにん》することにした。

「ワカちゃんが転んだ砂場《すなば》は今、ぼくたちがいるエリアだね。ぼくの記おくだと、あっちの方向にUFO《ユーフォー》はいたように思う」

「うん。ぼくもそう思う」

二人が指さしたエリアには大きな池があった。その池をこえた先には、野鳥の観察や、天体観測《かんそく》ができる『ネイチャードーム』という三階建ての施設《しせつ》があるようだった。

オレたちは、ネイチャードームを目指して歩きながら、UFO《ユーフォー》の手がかりを見つけることにした。

さあ、冒険《ぼうけん》のはじまりだ。


「そよかぜ公園って、こんなに広かったんだね」

ワカちゃんが、おでこのあせをハンカチでおさえながら、周囲《しゅうい》の木々《きぎ》を見わたした。

オレたちは、森林浴エリアと呼《よ》ばれる森の中を歩いている。

道はゆるやかに曲がりくねって、樹木《じゅもく》や野花の間を進んでいく。神社の*御神木《ごしんぼく》のように大きなケヤキやクスノキに、ごつごつとした岩もあって、商店街育ちのオレにとっては、なかなかの冒険《ぼうけん》気分を味わわせてくれるシチュエーションだ。

「オレも、ここまで来るのは、はじめてだよ」

木の根っこを飛びこえて言うと、

「ネイチャードームが完成したのは、三年前らしいよ。さっき見た案内板に、そう書いてあった」

黄介が教えてくれた。

生いしげった木々《きぎ》のトンネルを三人でぬけると、空にはどんよりとした暗い雲が広がっていた。

「げげっ、さっきまでは晴れていたのに」

ベランダに干《ほ》したままの洗《せん》たく物を思いだして、オレは顔をしかめた。

家に帰るまでは降《ふ》りませんように、と灰色《はいいろ》の雲にお願いをしていると、

「おばさんたちは元気?」

＊御神木《ごしんぼく》…神社の境内《けいだい》にあって、その神社に縁《ゆかり》があるものとして特に祭られる樹木《じゅもく》のこと、もしくは、神社の境内《けいだい》にある樹木のこと。

先を歩くワカちゃんが、黄介に顔を向けた。

母さんが亡《な》くなったのは、黄介が保育園《ほいくえん》の年長のとき。で、ワカちゃんが引っこしたのは年中の終わり。ああそうか。ワカちゃんは、事故《じこ》のことを知らないんだ。

ここは兄であるオレが話してあげるべきなのかな。

うん、きっとそうだ。

「あのね、ワカ――」

「元気だよ。お母さんも、お父さんも碧も、みんな元気だよ」

オレの声に黄介の声がかぶさった。

「そっか。よかった」

と笑いかえすワカちゃん。

オレは思わず立ちどまった。でもすぐに、「そっか。黄介はこういう感じなんだ」と納得《なっとく》して歩きだした。

そりゃあ、なんでうそつくんだよ、とは思う。母さんが事故《じこ》で亡《な》くなったのは悲しいことだけど、かくすようなことではないからさ。だからオレは、母さんのことをきかれたら、正直に話すことにしている。たとえ「今言ったら、せっかくの楽しいふんい気がだいなしになってしまう」という場面であっても。

でも、黄介にも同じようにしろとは言わないし、思わない。

黄介には、黄介なりの考え方があって、友人関係があって、身の守り方があって、正《せい》義《ぎ》がある。うん、そうだ。兄だからって、口をはさむべきではないんだ。

そう自分に言い聞かせながら、うつむきがちに歩いていると、ぽつぽつと冷たい雨つぶが降《ふ》ってきた。

「うわっ、降《ふ》ってきた」

しかも、まだ遠いけど雷《かみなり》のゴロゴロという音まで聞こえる。うわー、これ、絶対《ぜったい》に土《ど》砂降《しゃぶ》りになるやつじゃん。

「『ネイチャードーム』にひなんしよう」

オレが言って、三人でかけだした。

雨はどんどん強くなるし、いなずまがぴかっと光ったり、雷《かみなり》がドーンと鳴ったりして、正直、めちゃくちゃこわい。

「あった、あれだ！」

森をぬけると、大きな池があって、その向こうに円とう形の建物が見えた。建物のてっぺんは、ガラス製《せい》のドーム型《がた》になっている。

一足早く建物に着いたオレは、入り口のドアを開けて、二人を呼《よ》んだ。

「早く入って！　足元がすべるから気をつけて！」

「ひゃあーっ」

「うわあーっ」

「あらあら、だいじょうぶ？」

かけこんだオレたちに、受付にいたお姉さんが、心配そうに声をかけてきた。

「急に降《ふ》ってきたものね。待ってて、タオルを持ってきてあげるわ」

木の下を選んで走ったつもりだったけど、あーあ、結構《けっこう》ぬれちゃったな。

「はい、どうぞ」

「ありがとうございます」

お姉さんから受けとったタオルで、まずは髪《かみ》の毛をふく。どうでもいい話だけど、オレの髪《かみ》の毛はぬれると、うねりが増《ま》してモコモコの「かみなり様ヘア」になる。

「あの……。ここの入館料はいくらですか」

ワカちゃんが不安そうな顔で、お姉さんにたずねた。それを見て、そうか、こういう施設《しせつ》ってお金がかかるかもしれないんだ、と思いだす。

「だいじょうぶよ。ここは無料です」

よかった。お姉さんの言葉に、オレたちはほっとした。

ネイチャードームは、三階までふきぬけになっていた。室内の中央にはらせん階段《かいだん》があって、二階と三階をつないでいる。天井《てんじょう》はガラス張《ば》りで、最上階には大きな天体望遠鏡が設置《せっち》されているみたいだ。定期的に『天体観測《かんそく》の会』が開かれるのだと、館内の年間行事予定表に書かれていた。

2F

雨のせいか、館内にいるのはオレたちとお姉さんだけだった。

「青くん、ワカちゃん、こっちに来て！」

黄介がうれしそうな声でオレたちを呼《よ》んだ。

「ここから、野鳥を観察できるんだって」

池に面したかべには、たくさんの小さな窓《まど》があった。サイズは、縦《たて》二十センチ、横三十センチくらい。それから、カワセミのイラストがえがかれたポスターがはってあって、「双眼鏡《そうがんきょう》をおかししします」と書いてある。

「野鳥？　鳥なんて、どこにでもいるじゃん」

スズメとか、ハトとか。

「ちがうよ！　家の近くじゃ見られない鳥がいるんだ。こういう池のそばに集まる鳥とかさ」

「ああ、確《たし》かにカワセミなんて、商店街では見かけないもんな」

オレも少しだけ興味がわいてきた。

どんな鳥がいるんだろう？　そう思いながら、黄介のとなりに立って、小窓《こまど》から外をのぞいてみた。でも――。

「あれ？　全然いないじゃん。一羽も見えないよ」

雨のせいか、鳥は一羽も見あたらない。

「そうだけど。でもこういう小さな窓《まど》から見ると、世界がいつもとはちがうように見えない？」

黄介の言葉に、「そうかな？」と首をかしげて、オレはもう一度、窓《まど》の外を見た。

ここに来たときにわたったアーチ型の橋も、池の周りの草木も花も、どれも雨の中。ときおり、雷《かみなり》が大きな音とともに空を明るく照らす。雨と、土と、葉っぱが混《ま》ざりあったにおいが風といっしょにただよってくる。

水面には、雨つぶが作る円形状《えんけいじょう》や放射状《ほうしゃじょう》の模様《もよう》が次々《つぎつぎ》と現《あらわ》れては消えていき――。

そんな景色《けしき》が視界《しかい》いっぱいに広がるんじゃなくて、野鳥を観察するための小窓《こまど》という、かぎられた視界《しかい》の中だけにある。

「うん。確《たし》かに、特別って感じがする」

雷《かみなり》や大雨が危《あぶ》ないのはわかっている。でも、こういう状《じょう》きょうは、ちょっとワクワクする。

「今度、オヤジと碧も連れてこようよ」

「うん！　あ、でも碧はアスレチックと水遊びに夢中《むちゅう》になって、ここまでたどりつけなさそう」

「黄介だって水遊びがしたいんじゃないの」

「青くんもでしょう」

「まあね。でもオレたち、今すでにびしょぬれだぜ」

ぬれて色がこくなったT《ティー》シャツを引っぱって笑うと、黄介も、「だね。もう水遊びをしたみたいだ」と笑った。

黄介とそんな話をしていたときだ。

「さっき」

と、ワカちゃんが思いつめたような声で言ったんだ。

「ぼくのこと、ケチだと思いましたか？」

え？　とオレと黄介はおどろいてワカちゃんを見た。「なんで？」とオレがきくと、
ワカちゃんはうつむいて、答えた。

「真っ先に、入館料のことをきいたから」

「そんなことないよ」

オレはすぐに返した。

「オレなんて、入館料のこと忘《わす》れてたし。だから、ワカちゃんってしっかりしているなって思ったよ」

黄介はなにも言わない。ただじっと、ワカちゃんの言葉を待っている。

ワカちゃんは、小さな声である国の名前を言った。それは、ニュースでよく耳にする国名だった。

「その国で戦争が起きたせいで、お父さんのお店、つぶれちゃったんだ。ガラスのラン

プやお香、いろんな雑貨《ざっか》があったのに、もう仕入れられないんだって。お父さん、ほかのお仕事を探《さが》したんだけど、うまくいかなくて。お母さんとも、けんかばっかりするようになっちゃった」

ワカちゃんは、少しだまってから、また話しだした。

「それで、お父さんね、いなかに帰って工場をつぐって言ったんだ。でも、いっしょに来てとは言わなかった。おまえたちも、好きに生きろ、だって……。それでぼくとお母さんは、星乃森商店街に帰ってきたんだ。でも、お母さんもお仕事見つからなくて。だからぼく、お金のことが気になったの」

ワカちゃんのメガネのレンズには、水てきがいっぱいついていた。雨なのか、それともワカちゃんのなみだなのか、オレにはわからなかった。

「きらいだ。戦争なんて大っきらい」

ワカちゃんは、首にかけていたタオルに顔をうずめて、肩《かた》で大きく息をした。

雨はざあざあ降《ふ》っていて、遠くで雷《かみなり》が鳴っている。それ以外の音はなにもなかった。

ぬれたT《ティー》シャツがはだにまとわりついて、冷たかった。くつもぬれて、気持ち悪い。

ふと、美村《よしむら》さんとぶつかった日の夜、テレビで観た、ぼろぼろのくつをはいて、がれきのなかでうたっていた男の子を思いだした。

うん、そうか。そうなんだ。

戦争って同じ世界で起きていることなんだ。

戦地にいなくても、戦争でつらい思いをする人はいるんだ。

黄介は、ワカちゃんにそっと歩みよった。

「手のひらを上にして、手首のしわから指三本」

大切なじゅもんを唱えるように言って、黄介はワカちゃんの手を取った。

「オウくん?」

黄介は、ワカちゃんの右の手首から指三本分はなれたところを親指で優《やさ》しくおした。

「ここ」

「ここにはね【内関《ないかん》】っていうツボがあるんだよ。不安な気持ちをやわらげる効果《こうか》があるんだ」

「ないかん？」

「うん。息をはくのと同時に五秒間くらいおして、ゆっくりと指をはなすの。ワカちゃん、やってみて」

ワカちゃんは、内関の上に親指を置いた。

「――こう？」

「うん、上手上手《じょうずじょうず》」

しばらくすると、ワカちゃんの表情《ひょうじょう》がゆるんでいった。

「ちょっと、落ちついてきたかも」

「よかった」

黄介は、ふわっと包みこむような笑みをうかべた。その顔を見て、オレは少しだけいじけた気持ちになった。だって、あまりにもかっこよかったから。オレより年下で、背《せ》だって低いし、体型《たいけい》だってひょろひょろなのに、すごくたのもしくて、まぶしく見えたから。

ワカちゃんは、なみだでぬれたメガネをハンカチでふこうとした。でも、ハーフパンツのポケットにしまってあったハンカチも雨でぬれていて、あんまり役に立ちそうになかった。

「あーあ」

とワカちゃんは、ため息をついた。それからちょっぴり笑って、メガネをかけなおした。

「おじいちゃんとお母さんは、お金の心配はしなくていいんだよって言ってくれるんだ。でもぼくね、お母さんのお仕事が決まるまでは、わがままは言わないって決めてるの」

「そっか、えらいね」

オレは、オレがなにかいいことをしたときに、オヤジがしてくるように、ワカちゃんの頭をぽんっとなでた。

「ふふっ」

とワカちゃんは、くすぐったそうに笑った。それから、黄介に向きなおった。

「やっぱりオウくんはすごいね。ツボを知っているなんて、さすが、『如月鍼灸治療院《きさらぎしんきゅうちりょういん》』の息子《むすこ》だ」

「ありがとう。でも、全部のツボを知っているわけではないよ。【内関《ないかん》】は……」

言いかけて、黄介は言葉を止めた。

「【内関《ないかん》】は？」

首をかしげるワカちゃんに、黄介は、「ううん、なんでもない」と小さく首をふった。

その横顔は、どことなくさびしそうで――。

どうした？　とオレはきこうとした。実際《じっさい》、「どうし」までは言った。でも、黄介は質問《しつもん》そのものをさけるように、オレたちから視線《しせん》を外して、上を見た。

「ねえ、せっかくだし二階と三階も見学しよう」

ネイチャードームの二階は、写真展示《てんじ》エリアだった。室内の半分は星乃森町の歴史をたどる写真がかべにそって展示《てんじ》してあり、もう半分は、そよかぜ公園の開発の歴史を紹《しょう》介《かい》する写真が展示《てんじ》してある。

オレはまず、そよかぜ公園の写真から見ることにした。

そよかぜ公園が造《つく》られたのは二十年前。

知らなかったけど、造《つく》られた当初は、砂場《すなば》とブランコがあるだけの小さな公園だったみたいだ。それが少しずつ面積を拡張《かくちょう》していって、ターザンロープや水遊びをする場所が造《つく》られて、森林浴用の木が植えられて、池に橋がかかって、ネイチャードームが建てられた。

なるほどね。オレたちが通ってきたあの森は、自然がつくった森……、えっと、確《たし》か去年、社会科で習ったような。――思いだした。「天然林」ではなかったんだ。

「青葉さんっ、青葉さんっ。こっちに来てください。ぼくとオウくんが生まれた年の星乃森商店街の写真があるんです」

ワカちゃんが興奮《こうふん》した顔で言って、オレのうでを引っぱった。

「わかった、わかった。そんなにせかさなくてもだいじょうぶだよ」

なんて大人《おとな》ぶった口調で返したけど、ほんとうはオレも興味《きょうみ》しんしんだ。

「これです、これ」

ワカちゃんに連れてこられた写真の前には、黄介もいた。

「へえ、ほんとうに星乃森商店街じゃん」

写真の下のプレートには、黄介とワカちゃんが生まれた年の西暦《せいれき》が書いてあった。

写真は、メイン通りの真ん中から駅の方向にさつえいしたもので、街灯には、『星乃森商店街☀サマーセール』と書かれた旗がぶらさがっていた。

ワカちゃんは、うれしそうに写真のすみを指さした。

「ほら、『時空旅行』が写っているんです」

正確《せいかく》には、『時空旅行』の「時」と「旅」の二文字だけが写っていた。

でも、『時空旅行』に注目している余《よ》ゆうは、オレにはなかった。

「お母さんだ……」

黄介がつぶやいた。

そう、母さんが……、母さんが写真に写っていたんだ。

母さんだけじゃない。人混《ひとご》みにまぎれてわかりにくいけど、オヤジと、オヤジに肩《かた》車《ぐるま》されたオレも写っている。それから……。

「ぼくも、いる……？」

黄介が、ゆれるひとみでオレを見上げた。

黄介の誕生日《たんじょうび》は十一月だ。写真がとられたのは、ええっと、日付までは書かれていないけど、サマーセールの旗がぶらさがっているってことは、七月か八月だ。

「いるよ……。ちゃんと写ってる」

写真の中の母さんは、花がらのゆったり

とした ワンピースを着ていた。ただのワンピースではない。おなかに赤ちゃんがいる人が着るマタニティードレスだ。母さんのおなかには、黄介がいるんだ。

九年前ってことは、『如月鍼灸治療院《きさらぎしんきゅうちりょういん》』ができたばかりのころだ。あ、母さん、精肉店《せいにくてん》『豚々拍子《とんとんびょうし》』のふくろを提《さ》げている。そういえば母さんは、豚々拍子《とんとんびょうし》のコロッケが好きだったっけ。

ああもうオヤジってば、ねぐせが残ったままじゃん。ほんと、仕事中以外はダメダメなんだから。

「【内関《ないかん》】は……」

黄介が、ずずっと鼻をすすって言った。

「お母さんが死んだあと、お父さんが、ぼくに教えてくれたツボなんだ」

「え……。おばさん……、死んじゃったの？」

ワカちゃんは、おどろいた顔で黄介を見た。

「うん。ワカちゃんが星乃森町を引っこしたあと、車にひかれたんだ」

ワカちゃんは、「そんな」とか、「うそでしょう」とか小さくつぶやいた。

黄介は、手のこうでなみだをぬぐった。

「あのころはまだ、死ぬってことがわかっていなかったから、お母さんがいつまでたっても帰ってこないことが不安で、悲しくて、すごくつらかった。そんなとき、泣いているぼくに、お父さんが【内関《ないかん》】を教えてくれたんだ」

――【内関《ないかん》】はね、さびしい子、悲しい子の味方なんだよ。お母さんがいなくてさびしいよな。つらいよな。でも、だいじょうぶ。黄介にはお父さんがついている。青葉も碧も、商店街のみんなも、ついている。だからだいじょうぶ。

そう言って、オヤジは黄介の【内関《ないかん》】を優《やさ》しくおしたんだって。

「そうだったんだ……」

そう返したワカちゃんの横で、オレも、そんなことがあったんだ、と心の中で思った。母さんが亡《な》くなったとき、オレは今の黄介と同じ三年生だった。自分の悲しみを受けとめるのにせいいっぱいで、五歳《さい》だった黄介がどんな様子だったかなんて、まったく覚えていない。

「あのさ、なんで、さっきはお母さんのこと、教えてくれなかったの？」

ワカちゃんが遠りょがちに黄介にたずねた。

「――久々《ひさびさ》だったから」

「え……？」

「なかよし保育園《ほいくえん》の子は、お母さんが死んじゃったことを知っているし、知らない子も、運動会や授業《じゅぎょう》参観のときに、少しずつ知っていくみたいなんだ。だからね、ワカちゃんにきかれたとき、どう答えればいいのか、わからなかったの。それに、ほんとうのことを話したら、かわいそうって言われるんじゃないかって思った。それは、いやだなって思ったんだ」

「そんなこと……、だれかに言われたの？」

「いっぱい言われたよ」

黄介の言葉は、オレの記おくを呼《よ》びおこした。

――如月《きさらぎ》くんち、お母さんが死んじゃったんだって。かわいそうだね。

――青葉の前で、お母さんの話、するなよ。かわいそうだろう。


うん。そうだね。いっぱい言われたね。


「二年生のとき」

と、黄介は続けた。

「作文の授業《じゅぎょう》で、身近な人の仕事について書くことになったんだ。でもぼく、全然書けなかった。だって、お父さんの仕事が大きらいだったから」

「なんで？」

オレとワカちゃんは同時にきいた。黄介は、なみだで赤くなった目でオレたちを見た。

「だって、お母さんは死んじゃったんだよ。それなのに、如月鍼灸治療院《きさらぎしんきゅうちりょういん》には、お母さんよりもずっとずっと年上のおじいさんやおばあさんが、体を治療《ちりょう》しに来るんだよ。お母さんのがずっと、若《わか》くて、碧もまだ小さくて……。それなのに死んじゃったんだよ。なんで、しわしわのおじいさんやおばあさんじゃなくて、お母さんが車にひかれちゃったの。お父さんはなんで、あんな年をとった人たちを治療《ちりょう》しているのって、ずっと思ってた」

「オウくん……」

「お父さんに言ったら、お父さん、すごくおどろいた顔をしたあと、ごめんって言って、ぼくのことをぎゅっとだきしめたんだ。それでね、こう言ったの」

人はね、いつか必ず死んでしまうんだ。これは悲しいけど、さけられないことなんだよ。でもね、だからこそ、今生きていることが大切なんだ。

お父さんもお母さんも、みんなの命を守ることをほこりに思ってきた。だって、世の中にはたくさんの人がいて、みんなで助けあっているんだから。そのおかげで、お父さんや青葉、黄介や碧も、生きているんだよ。


「お父さんの話を聞いているうちに、心の中にあった重たいものが消えていったんだ。そしたらね、お父さんのことも、鍼灸院《しんきゅういん》に通う患者《かんじゃ》さんのことも、尊敬《そんけい》できるようになったの。今なら、あのときどんなにひどいことを考えていたのかもわかる」

黄介は一度言葉を切ると、「ごめんね」とワカちゃんに謝《あやま》った。

「ワカちゃんが、同情《どうじょう》してくるような子じゃないってわかっているのに、すぐにはほんとうのことが話せなかった。青くんもごめん。聞いていて、いやな気持ちになったよね」

「だいじょうぶだよ」

ワカちゃんはまじめな顔で言って、それから笑顔でうなずいた。

オレは、はじめからおこってない。傷《きず》ついてもいないし、なにも失っていない。でも――。

「ぼく、これからもうそをつくのかな」

ぽつり、と黄介がつぶやいた。

「黄介?」

「お母さんのことをきかれたら、ワカちゃんに言ったみたいに、生きていることにするかもしれない。だって、全員にほんとうのことを話すのは、こわいもん。でも、ぼくがうそをついたら、天国のお母さんは、悲しむかな」

「うーん。それじゃあ先に、お母さんに謝《あやま》っておけば、いいんじゃないの?」

ワカちゃんが、なんでもないことのように言ったんだ。

オレはきいた。

「謝《あやま》るって、なにを?」

「かわいそうって言われたくないから、お母さんはときどき、生きていることになる、って。オウくんのお母さん、優《やさ》しいからきっと許《ゆる》してくれるよ」

「ええっ。それって、あり？」

まさかのアイディアに、黄介は目を丸くした。

「ありだと思うよ。ね？　青葉さん？」

急に話をふられ、「あ、うん」とオレはあごを引いた。それからちょっと考えて、こう続けた。

「言わなくてもいいことって、あるから。母さんのこともそうだよ。話すことで、黄介が少しでも傷《きず》つくようなら、言う必要はないんだ。ただ、うそをつくことで黄介が傷《きず》つくのも、オレはいやだよ。きっと母さんも同じ気持ちだと思う。だから、えっと……、ワカちゃんの言うとおり、先に謝《あやま》っておくの、ありだと思う」

黄介は、考えるようにだまってから、「手のひらを上にして、手首から指三本」と唱えて、右の親指で左手首にある【内関《ないかん》】をおした。

「お母さん、あのね、お母さんはときどき、生きていることになります。ごめんなさいっ」

その言葉にこたえるように、ガラス張《ば》りの天井《てんじょう》から、日差しが降《ふ》りそそいだ。おどろいて顔を上げると、雲間から太陽と青空が見えた。ピュリリリー、と野鳥のすんだ鳴き声も聞こえて、「わあおっ」とワカちゃんが小さくさけんだ。

オレは、黄介の肩《かた》にそっと手を置いた。

「いいよって、母さんが天国で笑ってるんだよ、きっと」

だって、こんなにもきれいな青空なんだから。

三階の天体観測《かんそく》フロアには、大きな天体望遠鏡が設置《せっち》してあった。

「UFO《ユーフォー》、見つからなかったな……」

とワカちゃんはため息をついた。そういえばUFO《ユーフォー》を探《さが》していたんだっけ。なんだかいろいろなことがありすぎて、頭からすっかりぬけおちていた。

オレは望遠鏡を見上げた。

「こんなに立派《りっぱ》な望遠鏡なら、宇宙《うちゅう》にいるUFO《ユーフォー》も見えたりするのかな」

日差しに目を細めているうちに、「ん?」とみょうな感じがした。

ガラス張《ば》りの天井《てんじょう》。ドーム型《がた》。人工的な森。

「オレ……、UFO《ユーフォー》の正体がわかったかも」


「青葉さん、おはようございます!」

次の日の朝、ランドセルを背負《せお》ってげん関を開けると、「UMA《ユーマ》」と書かれたT《ティー》シャツを着たワカちゃんが笑顔で立っていた。

「おはよう。黄介なら、碧といっしょに歯みがき中だよ」

オレは家の中を親指でさして教えた。ワカちゃんは、ぺこり、と頭を下げた。

「昨日《きのう》は、ありがとうございました」

結論《けつろん》から言うと、黄介とワカちゃんが保育園《ほいくえん》のときに見たUFO《ユーフォー》は、ネイチャードームだった。オレがそれに気がついたのは、ネイチャードームの天井《てんじょう》がその名のとおりドーム型《がた》だったから。それから二階に展示《てんじ》してあった写真。

建設中《けんせつちゅう》のネイチャードームの周囲《しゅうい》には、今ほど木は生いしげっていなかった。きっとあの当時なら黄介たちがいた砂場《すなば》からも、ドーム型《がた》の天井《てんじょう》が見えたんじゃないかな、と思ったんだ。それで、受付にいたお姉さんにきいてみたところ、ドンピシャだった。

なんとあの当時は、雷《かみなり》が光ると天井《てんじょう》部分が銀色に反射《はんしゃ》することから「UFO《ユーフォー》ドーム」と、近所に住む子どもたちからは、言われていたらしい。

「UFO《ユーフォー》じゃなくて、残念だったね」

「いえ。アレはアレで、楽しい冒険《ぼうけん》でしたから」

「そっか。うん、そうだね」

冒険《ぼうけん》気分は味わえたし、黄介の話も聞けたし、母さんにも会えた。確《たし》かにアレはアレで楽しい時間だった。

「お待たせ。なんの話をしていたの？」

ランドセルを背負《せお》った黄介がスニーカーをはいて、オレたちを見た。

「UFO《ユーフォー》じゃなくて残念だったなって、話してたところ」

「なんだそんなことか」

黄介は、気にしてないよ、というように返すと、きらんとひとみをかがやかせた。

「ねえワカちゃん。今度はツチノコを探《さが》そうよ。となり町の川原《かわら》で、ツチノコの目げき情報《じょうほう》があったんだ」

「ツチノコっ⁉　うわっ、見たい、見たい」

「つちのこ？　なんだっけ、それ」

首をかしげたオレに、「うっそ、青くん、知らないの？」と黄介は目を大きくする。

「ツチノコは、山や森にすんでいるとされる、不思議な生き物だよ。ずんぐりした体で、おなかがふくれてて、ヘビみたいに舌《した》が長いの」

「イギリスのネッシーや、アメリカのビッグフットに並《なら》んで、未確認《みかくにん》生物界のスター選手なんですよ！」

ワカちゃんも、こぶしをにぎって力説してきた。というか、そんな不気味な生き物、オレだったら絶対《ぜったい》に見たくないけど。

オレは気配を消して、二人からそーっとはなれた。それなのに――。

「青くん！」

「青葉さん！」

「うわあぁっ」

がしっとランドセルをつかまれた。

「え、えっとお……」

きらきらした目で見上げられ、オレは予感した。

今年の夏は暑いなか、小三コンビと（引率《いんそつ》で）冒険《ぼうけん》に出ることになりそうだ。

お話に出てきたツボをしょうかいするよ！

如月《きさらぎ》さんちの今日のツボ❷

内関《ないかん》

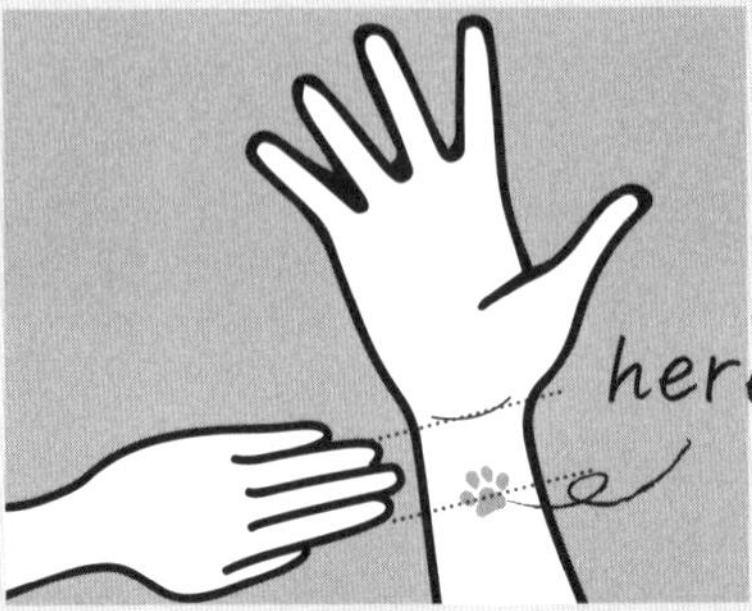

▲手首のしわから指３本分、ひじのほうに進んだ場所で、真ん中にあります。（ツボは左うでにもあります）

効《き》きめ

◆**乗り物酔《よ》いをふせぐ**：車やバスに乗る前におすと、酔《よ》いにくくなります。

◆**ストレスを減《へ》らす**：不安や心配事で気持ちがしずんでしまうときにおしてみて。きっと心が明るくなります。

◆**安眠効果《あんみんこうか》**：ねむるまえに優《やさ》しくなでると、安心してぐっすりねむれるようになります。

おし方

❶ リラックスできる場所に座《すわ》って、深呼吸をして心を落ちつけましょう。

❷ 内関《ないかん》を見つけます。

❸ 片手の親指を使って、内関《ないかん》を優《やさ》しくおしてください。

❹ そのままゆっくりと息をはきましょう。

❺ 5～10秒くらいおして、ゆっくりとはなします。これを2～3回くりかえしましょう。

心が落ちこんでどうしようもないときってあるよな。そういうときは、大切な人の笑顔、おもしろかったときのことを思いだしながら、【内関《ないかん》】をおしてみな。みんなが笑顔になれるといいニャ！

※小さな力でおすことが大切です。気持ちよいと感じる強さでおこなって、痛くなったら、すぐにやめてください。
※爪が長いと、はだを傷つけてしまうことがあるので、あらかじめ爪を短く切っておくと安全です。
※ツボの効き方は人それぞれ違います。効果を感じにくいときもあるかもしれませんが、あまり心配せずに続けてみてください。

七月

うちの親分知りませんか？

オレには伊吹《いぶき》がいて、黄介《おうすけ》にはワカちゃんがいるように、碧《みどり》にも親友がいる。地域《ちいき》ねこの親分だ。まあ、親分に親友の自覚があるのかどうかは、あやしいところだけど。

親分は三日に一度、うちにごはんを食べに来る。ちゃんと外階段《かいだん》を上って、げん関とびらに向かって、「オイラが来てやったぜ」と言うように、ひと鳴きする。

雨の日も雪の日も、台風の日だって欠かさずに来ていたのに、二週間前からとつぜん、姿《すがた》を現《あらわ》さなくなった。

「ぼくが、ひどいことを、言ったせいなの」

夜、いっしょにおふろに入っていた碧が、大きな目をうるませながら言ってきた。

「親分に？　なんて言ったの？」

オレはタオルでクラゲを作るのをやめて、碧の話に耳をかたむけた。

「ぼくの気持ちなんて、わかりっこないって言った」

「そっかあ」

碧の話を整理すると、こうだ。

二週間前、母さんの母さん（オレたちのおばあちゃんだ）の誕生日会《たんじょうびかい》があって、親せきのみんなと、おばあちゃんの家に集まった。

話題は自然と母さんのことになり、碧は自分だけ話の輪に入ることができず、さびしい思いをした。

その夜、碧は夕ごはんを食べに現《あらわ》れた親分に「今夜はいっしょにねて」と、お願いしたらしい。でも、親分は、「悪いな、碧。ねどこにしている家のおばあさんの具合が悪いんだ。心配だから、しばらくはそっちにとまるわ」と返したらしい。

売り言葉に買い言葉で、けんかに発展《はってん》。ついには、「親分にぼくの気持ちなんてわかりっこない。もう知らない。親分なんて、どこにでも行っちゃえ！」と、碧は言ったそうだ。

「親分……、まだおこってるのかな」

碧は、しょぼんとした顔で、おもちゃのアヒルを見つめた。

オレは、碧の肩《かた》が冷えないように、ゾウの形をしたじょうろでお湯をかけてあげた。

「あのさ、碧。親分って、ねこの親分だよね」

「そうだよ」

「碧は、ねこ語がわかるの？」

「ぼくと親分は親友だよ。わかるに決まってるでしょう」

「──そうだね」

うん、そういうことにしておこう。

とにかく、オレは親分の行方探《ゆくえさが》しを手伝うことになったんだ。

次の日は土曜日だった。オレと碧は、午前中のうちに庭の草むしりであせを流して、昼は、オヤジと黄介が作った特大オムライス（ホットプレートで四人分のチキンライスを一気に作って、その上にチーズと特大のうす焼き卵《たまご》をのっけたものだ）でエネルギーを補給《ほきゅう》した。

「水とうオッケー、塩あめオッケー、あせふき用のタオルオッケー。ああそうだ、首に巻《ま》く冷きゃくタオルも持っていこう」

必要な物をリュックにつめていると、

「青ちゃん」

碧がオレのT《ティー》シャツのすそを引っぱった。

「うん？　どうしたの？」

「かぶらなきゃ、ダメ」

ずいっと野球ぼうが差しだされる。碧は、オレのおさがりの麦わらぼうしをかぶっていた。

「さっすが碧。サンキュー」

オレは、野球ぼうをかぶった。

「よし、準備完《じゅんび》りょう。絶対《ぜったい》、親分を見つけるぞ!」

「おーっ!」

オレと碧は、手をつないで真夏の商店街にくりだした。

親分は星乃森商店街公認《ほしのもりしょうてんがいこうにん》の地域《ちいき》ねこだ。だからまずは、親分がいそうなお店を一けんずつたずねた。でも――。

「そういえば、最近見てないね」

と、どのお店の人も口をそろえた。

「親分……」

碧は、道ばたにしゃがみこんだ。

「だいじょうぶだって。碧にはお兄ちゃんがついてるんだぞ。絶対《ぜったい》見つかるって」

と碧をはげましたはいいけど……。マジで親分、どこにいるんだ？

「青葉《あおば》？　え、碧？」

聞きなれた声にふりかえると、伊吹がいた。

「こんな暑いなか、なにしてんの？」

そうきいてくる伊吹の肩《かた》には、エコバッグが提《さ》がっていて、ネギの青い部分がはみだしていた。

オレは、昨日《きのう》碧から聞いた話を伊吹にした。

「親分か……。そういえば最近、うちにも来てないね」

伊吹は考えるように両うでを組んで、商店街の店々《みせみせ》を見わたした。

「『ナツメ薬局《やっきょく》』は？　あそこの薬剤師《やくざいし》さんが親分をだっこしているのを見たことがあるよ」

「さっき、ききにいった。うちと同じで二週間は来てないって」

『かもめ書店《しょてん》』と、『ことことキッチン』は?」

「ダメ。どっちも来てないって」

「うーん。それじゃあ……、あそこ、かな」

「あそこ?」

「保健所《ほけんじょ》。あとは警察《けいさつ》。電話して親分が保護《ほご》されてないか、確認《かくにん》するといいよ。それと動物病院も。けがをして運ばれているかもしれないから」

そうか、そういうところにいる可能性《かのうせい》もあるんだ。

「さすが伊吹だ。オレよりテストの点数が上なだけはある」

「中の下の青葉にほめられてもな」

「それは、ほら。オレはまだ本気を出していないだけ」

「早く出しなよ」

よし、すぐに家に帰って、警察《けいさつ》と動物病院と保健所《ほけんじょ》の電話番号を調べよう、——と思ったんだけど。

「ケーサツとビョーインとホケンジョ、もうお父さんが電話してくれたよ」

「え、ほんと？」

「うん」

こくん、とうなずく碧を見て、ちょっとだけがっかりする。てっきりオレにだけ、相談してくれたのだと思っていたから。でも、そうだよな。まずはオヤジに言うか。

「警察《けいさつ》と動物病院、保健所《ほけんじょ》に親分はいなかったんだね」

「うん」

むむむ。保護《ほご》されてないのはよかったけれど、これは結局、ふりだしにもどったということか……。

「ねえ、碧」

と、伊吹は腰《こし》をかがめて碧に視線《しせん》を合わせた。

「親分は、ねどこにしている家のおばあさんの具合が悪いって言ったんだよね？　どこに住んでいるおばあさんかは、教えてくれなかったの？」

「あのね、川のとこのオレンジ色のおうちだって言ってたよ」

オレと伊吹は目を見合わせた。

まさか、ほんとうに親分の言葉がわかるの？

「この近所で川って言ったら、七夕川《たなばたがわ》だね。おもしろそうだし、おれも協力するよ」

と伊吹が言ってくれたから、三人でおばあさんの家を探《さが》すことになった。あ、ネギ入りのエコバッグは、伊吹の家である、『ヘアサロン・ラピス』に置いてきたよ。

七夕川は、駅をはさんで商店街とは反対側にある。川をふちどるように桜並木《さくらなみき》が続いていて、春はきれいなんだ。夏休み目前の今は、セミの声がうるさいけど。

「青ちゃーん、伊吹くーん、早く、早く！」

「碧っ！　走っちゃダメだよ。車や自転車が来たら危《あぶ》ないだろう！」

落ちつきのなかったオレや、好奇心《こうきしん》おう盛《せい》な黄介とはちがい、碧はのんびりやで、おっとりとした性格《せいかく》だ。つないだ手をはなして好き勝手に走りまわったり、目をはなし

たすきに迷子《まいご》になったりしたこともない。それなのに今日の碧は、足場の悪い路地裏《ろじうら》まで一人で走ったり、植えこみの下にもぐりこんだりと、とにかく目がはなせない。

オレと伊吹は親分を探《さが》すというよりも、碧をつなぎとめておくのに必死だった。

「いったん、休けい！　碧、麦茶飲もう」

木かげのベンチに碧を座《すわ》らせて、リュックから水とうを取りだす。

「碧、だいじょうぶ？　頭が痛《いた》かったり、くらくらしたりしない？」

「へーきだよ」

「絶対《ぜったい》に無理しちゃ、ダメだぞ」

碧の顔のあせをふいていると、碧のとなりに座《すわ》った伊吹が、手で顔をあおぎながら、

「てか、オレンジ色の家って、どんな家？」

と碧にきいた。

それはオレも気になっていたことだ。ぱっと見たときの印象《いんしょう》や、屋根やドアの色がオレンジ色なのかなと思っていたけど、そんな家、どこにもないし。

碧は、水とうを両手でかかえたまま、「れんにゃ」と答えた。

「オレンジのれんにゃって言ってた」

「れんにゃ？　え、なにそれ」

伊吹は首をかしげたけど、碧語《みどりご》の通訳者《つうやくしゃ》のオレは、すぐにぴんときた。

「レンガだ。オレンジ色のレンガの家！」

オレは木かげから出ると、川ぞいに並《なら》ぶ家を見わたした。

「あった、あの家だ！」

少し先の橋の向こうにオレンジ色のレンガの家が見えた。

「行こう」

その家を目指して、オレたちは走りだした。

たどりついたオレンジの家のげん関には「安西《あんざい》」と書かれた表札がかけてあった。

三角屋根からつきでたえんとつを「サンタさんが来るところ！」と、碧はうれしそうに指さした。

親分いるかな……。

オレたちは安西さんちの周りをうろうろしたり、つま先立ちをしたりして、家の中をのぞこうとした。でも、高いかき根とカーテンがじゃまをして家の中までは見えない。

「この家の人に、きくしかないね」

伊吹の言葉に、「だよなあ」とオレは弱々《よわよわ》しく返した。

「伊吹、いける?」

「ごめん、無理。おれ、親と商店街の人と、学校の先生以外の大人《おとな》と、ほとんど話したことがないから」

「だよねえ……」

小六の男子の大半がそうであるように、オレたちは、人見知りだ。どんな人が住んでいるのかもわからない家のインターホンをおして、「うちの親分がおじゃましていませんか?」なんてきけるわけがない。

どうする?　と話していると、

「青ちゃん、だっこ」

と、碧が小さな両手を上げてきた。

「うん？　だっこしてほしいの？」

たくさん歩いてつかれちゃったかな、と思い、オレは碧をだきあげた。そしたら――。

ピーンポーン。

「ええっ、碧、おしちゃったの？」

「うわ、マジか……」

オレと伊吹はあわてた。

しばらくすると、げん関ドアが開いた。

「あら、どちらさま？」

すずしげなワンピースを着た、銀髪《ぎんぱつ》のおかっぱ頭のおばあさんが出てきた。

「こ、こんにちは。オレ……、じゃなくてぼくたち、ねこを探《さが》してて……」

「親分っていうの。ぼくの親友なんだよ」

「トラがらの、ぽっちゃりしたねこです。ふてぶてしい顔つきだけど、人には慣《な》れています」

碧と伊吹も言ってくれた。

おばあさん――安西さんは考えるように首をかしげた。

「きっと、ルノアールちゃんだわ」

ルノアールちゃん?

「ちょっと待っててちょうだい」

そう言って、安西さんは家の中に引っこんだ。

「お待たせしました」

げん関にもどってきた安西さんは、写真立てを胸《むね》にかかえていた。

「この子がルノアールちゃんよ」

右耳に小さな切れこみがあって、オレンジ色と黒のトラがらをしたねこが、魚のぬいぐるみと遊んでいる姿《すがた》が写っていた。

「あーっ！　親分！」

「ほんとうだ、親分だ」

「まちがいないね」

おどろくオレたちを見て、「やっぱりね」と安西さんはうれしそうに笑った。

「三年前だったかしら。夫が亡《な》くなったあと、窓《まど》の外をぼんやりとながめていたら、庭にねこちゃんが現《あらわ》れたの。それからときおり、うちに遊びに来るようになったのよ」

それでいつのころからか、ルノアールちゃんと呼《よ》ぶようになったらしい。

「あの、ルノアールちゃんは、今も安西さんの家にいるんですか」

「いいえ」

オレの質問《しつもん》に、安西さんは首を横にふった。

「わたしね、先週までかぜでねこんでいたの。その間はずっと、うちにいてくれたのよ。おかげで、一人ぼっちになることなく過《す》ごせたわ。でも、かぜが治ったら、ふらっとどこかに行ってしまったのよ」

「そうですか……」

オレたちは、安西さんにお礼を言って、とぼとぼと歩きだした。

うーん、困《こま》った。

こうなったら、「うちの親分知りませんか？」と書いたポスターを作って町じゅうにはろうか、それとも、ねこの集会が開かれることで有名な、となり町の公園まで足をのばそうか、と伊吹と話していると、「ねえ、ねえ」と碧がつないだ手を引っぱってきた。

「青ちゃんは、お父さんの子どもじゃないの？」

「は……？」

不意打ちすぎて、頭の中がストップした。

「――だれかに、言われたの？」

気づいたときには、かたい声できいていた。

「ミカちゃんたちが、話してたの。青ちゃんは、お父さんのほんとうの子どもじゃないって」

ミカちゃんは母さんの妹だ。ミカちゃんに最後に会ったのは、二週間前のおばあちゃんの誕生日会《たんじょうびかい》。ああそうか。碧は、ミカちゃんがほかの親せきと話しているのを聞いてしまったのか。

オレはしゃがんで、碧と同じ目線の高さになった。

碧に、オレの父親のことをきかれたら、正直に全部話すと、ずっと前から決めていた。

「オレはね、母さんの連れ子なんだ」

「つれご?」

「オレには、もうひとり父親がいるの」

碧は、考えるように口をつぐんだ。

「その人、どこにいるの?」

「わからない。顔も名前も、知らないから」

実の父親について考えることはめったにない。どんな人なのか、知りたい気持ちは少しだけある。でも、どうせろくでもないやつだろうから、一生会わなくてもいい。

「青ちゃんも、どっか行っちゃうの?」

「え……」

「お母さんや親分みたいに、いなくなっちゃうの?」

碧は、オレのT《ティー》シャツのすそを両手でぎゅっとにぎりしめた。

オレは包みこむように碧をだきしめた。

「いなくならない。オレは、お兄ちゃんは、ずっと碧といっしょだよ」

「よかった」

ほっ、とした声でだきしめかえしてくる。

碧からは、おひさまのにおいがした。オレの大好きなにおいだ。

よしっ。絶対《ぜったい》に親分を見つけるぞ。

決意を新たに立ちあがると、すぐそばにいた伊吹と目が合った。

「えっと……」

と、伊吹は気まずそうに視線《しせん》をさまよわせた。それを見て、「あ、そうか」と気がつく。

オレ、伊吹にオヤジと血がつながっていないこと、話してなかったんだ。

伊吹の中で、オヤジは「ただの若《わか》い父親」だったんだ。

バレたところで問題はないけど、ちょっとだけ後かい。どうせなら、二人きりのときに、オレから話したかったな。

「伊吹、ごめん。あとでちゃんと話すから」

伊吹は、なにか言いたそうだったけど、「わかった」とうなずいてくれた。

「おやぶーん！　出ておいで！」

「親分の好きなマグロ入りのねこかんだぞー」

親分が好きなおもちゃやねこかんを手に持って、公園のベンチの下や木の上を探《さが》す。

でも、親分は見つからない。

碧がねむそうに目をこすっている。スマホを見ると、もう三時を過《す》ぎていた。

「碧、おうちに帰って、お昼ねしよう」

「やだ、親分と、帰る」

まあ、そうだよね……。

「──伊吹」

「うん？　なに？」

「ちょっとだけ碧を見てて。あ、絶対《ぜったい》に手をはなすなよ。碧、少しだけ伊吹と待っててね」

「へ？　ちょっ、青葉っ！」

オレは、伊吹の声をふりきって走った。

木かげ、へいの上、路地裏《ろじうら》、駐車場《ちゅうしゃじょう》、自動販売機《はんばいき》のかげ──。

親分、どこにいるの？　お願いだから出てきて。碧が会いたがってるんだ。

四つんばいになって、道路ぞいのツツジの植えこみの下をのぞいていたときだ。

「如月《きさらぎ》くん？」

名前を呼《よ》ばれて顔を上げると、そこには、同じクラスの美村《よしむら》さんがいた。

「こんな所でなにをしているの？」

美村さんは、ピアノのけいこの帰りなのか、レッスンバッグから楽譜《がくふ》が見えた。

「ええっと」

オレはあわてて立ちあがり、T《ティー》シャツの土ぼこりをはらった。

ああもう、なんでこのタイミングなんだろう。今のオレ、かなりあやしいというか、ダサい姿《すがた》だよな……？

先月、オレは美村さんのピアノ発表会を見に行った。ラベンダー色のワンピースを着て、真けんな顔でピアノに向かう美村さんは、学校で会う美村さんよりも、ずっと大人《おとな》っぽく見えて、なんだか、遠い存在《そんざい》に感じた。変に意識《いしき》しちゃって、そのあと、学校でもあまり話せてない。

「青ちゃーん！」

声にふりかえると、碧と伊吹が手をつないで横断歩道《おうだんほどう》をわたってくるところだった。

碧はオレの足にしがみつくと、「だあれ？」と美村さんを見上げた。

「同じクラスの美村さんだよ。美村さん、こいつは弟の碧。ほら碧。ごあいさつして」

「きさらぎみどり。六さいです」

碧は両手を使って「六」を表現《ひょうげん》した。美村さんは、碧に目線の高さを合わせるために
しゃがんで、にこりと笑った。

「はじめまして。美村沙和《さわ》、十一歳《さい》です。お兄ちゃんと横山《よこやま》くんと、遊んでいたの？」

「ううん、親分を探《さが》してるの」

「おやぶん？」

「あ、あのね美村さん……」

オレは親分のことを美村さんに話した。すると美村さんは、

「親分って、もしかしたら伊集院《いじゅういん》くんのことかもしれない」

と言いだしたんだ。

「イジュウインくん？」

美村さんはレッスンバッグからスマホを取りだすと、画面をオレたちに見せた。

「このねこちゃんよ」

そこには、大きな腹《はら》を堂々《どうどう》と見せた、へそ天ポーズでねむりこける、トラがらのねこが映《うつ》っていた。――この顔、この腹《はら》、まちがいない。

「親分だっ！」

オレたちの声がそろった。

「やっぱりね。伊集院くんなら、さっき純也《じゅんや》くんちの庭にいるのを見たよ」

「じゅんやくん？」

オレはきいた。

「三組の五十嵐《いがらし》純也くんだよ」

「ああ……。あの五十嵐ね」

五十嵐純也といえば、とにかく頭がいいことで有名な子だ。服装《ふくそう》も、夏はT《ティー》シャツとハーフパンツが定番なオレや伊吹とはちがい、ポロシャツやえりつきのシャツ、チェックがらのズボンなどを着ていて、見るからに優等生《ゆうとうせい》な感じだ。

「五十嵐って、最近、学校に来てないってうわさだけど」

伊吹がT《ティー》シャツの首元をパタパタとしながら言った。

「うわさじゃなくてほんとうだよ。ゴールデンウイーク明けから登校してないの」

それじゃあ、もう二か月は不登校なんだ。

五十嵐とは、とくべつ親しいわけでもないし、学校を休んでいる理由をさぐろうなんて、これっぽっちも思わない。でも、やっぱり気になった。

「美村さんは、五十嵐と仲いいの?」

さっき、純也くんと下の名前で呼《よ》んでいたのを聞きのがさなかった。

「うん」

美村さんは、あっさりと認《みと》めた。

「わたしたち幼《おさな》なじみなの。ママたちも親友だし」

「そうなんだ」

美村さんと幼《おさな》なじみか。――いいなあ。

「なんで伊集院くんって名前なの?」

伊吹がきいた。

「うーん、なんとなく？　伊集院くんっていう顔に見えたから」

いや、どんな顔だよ、と思って、つい笑っちゃった。

美村さんって、しっかり者に見えて、実は天然さんなのかもしれない。

とりあえず親分探《おやぶんさが》しに希望が見えたわけだ。しかも、美村さんは五十嵐の家まで案内してくれるという。

初対面の人には、もじもじとはずかしそうにする碧だけど、美村さんのことは平気みたい。沙和お姉ちゃん、なんて呼《よ》んで、手までつないでいる。

オレと伊吹は、碧と美村さんの少し後ろを歩いた。

「ねえねえ、沙和お姉ちゃん。ぼくね、来年から一年生になるんだよ。みどり色のランドセルを買ってもらうんだ」

「へえ、そうなんだ。楽しみだね」

「うんっ！」

二つほど角を曲がったところで、

「如月《きさらぎ》くんたちは、中学は星中《ほしちゅう》?」

美村さんがふりかえってきいてきた。

「あ、うん。星中」

「おれも星中だよ」

星中は、星乃森中学校《ほしのもりちゅうがっこう》のことだ。私立《しりつ》受験をしないかぎり、星南小《ほしみなしょう》の生徒は、星中に進学する。こんな質問《しつもん》をしてくるということは……。

「美村さんは、ちがうの?」

「うん、音大の付属《ふぞく》がある女子校を受験する予定」

「そうなんだ」

「だからね、如月くんが教えてくれたツボを毎日おして練習してるんだよ」

ふふっと美村さんは笑った。

「ツボって?」と伊吹がきいてきたから、オレはとっさに、「えっと……、ないしょ」

と答えた。それから、こっそりため息をついた。

音大の付属《ふぞく》か……。

安直な発想なんだろうけど、美村さんちはお金持ちなのかなと思った。

如月鍼灸治療院《きさらぎしんきゅうちりょういん》がはんじょうしているのかどうか、オレはまったく知らない。でも、うちはお金持ちという実感はないから、よくて、そこそこなのかなと思っている。

黄介と碧もいるし、高校だって公立に進学したほうがいい気がする。――勉強もそんなに好きじゃないしね。

そんなことを考えているうちに「ここだよ」と、美村さんが立ちどまった。

五十嵐の家は、白かべの一けん家だった。げん関横のポーチには、充電中《じゅうでんちゅう》の電気自動車が止まっていて、屋根にはソーラーパネルがのっていた。

美村さんは、慣《な》れた様子で、インターホンをおした。

すぐに「はーい」という明るい声がスピーカーから返ってきた。五十嵐のお母さんかな。

「あら、沙和ちゃん。どうしたの？　え、純也？　ちょっと待ってて」

しばらくすると、げん関ドアが開いて、五十嵐純也が現《あらわ》れた。

五十嵐は、オレと碧と伊吹を見て、「へ？」と目を丸くした。

「如月と横山じゃん。なんで沙和といるの？　どういう組み合わせ？」

うん。そうだよね。大して仲がいいわけでもない如月青葉と横山伊吹が、とつぜん家に来たんだもんね。しかも弟つきで。びっくりするよね。

でも、おどろいたのはこっちも同じ。

一言で言うと、五十嵐はチャラくなっていた。

オレの記おくが正しければ、学校に来ていたときの五十嵐は、黒髪《くろかみ》のマッシュルームカットだった。でも今は、サイドの髪《かみ》の毛をかりあげて、頭のてっぺんの髪《かみ》をニワトリのとさかみたいに、つんつんと逆立《さかだ》てている。しかも茶髪《ちゃぱつ》になっているし。

「へえ。ムラなくきれいに染《そ》まってるじゃん。ツーブロックもよく似合《にあ》ってるし」

伊吹が、さすが美容師《びようし》の息子《むすこ》、とつっこみたくなる感想を言った。

「親分、どこっ⁉」

碧がずいっと歩みでた。

「おやぶん？」

「純也くん、ほら、伊集院くんのこと」

「いじゅ……。ああ、トトのことか」

親分、ルノアールちゃん、伊集院くん、トト……。

親分は、いくつ名前持っているのだろう。

「えっと、トト、いる？」

オレがきくと「うん、いるよ」と五十嵐は答えて、家の中に向かって「トトーッ！」

とさけんだ。しばらくすると、

「にゃおーん」

親分がろうかのおくから姿《すがた》を現《あらわ》した。

「親分っ！」

碧は、げん関に上がって親分をだきしめた。

「ひょっとして、如月の家のねこだったの？」

五十嵐が首をかしげてきいてきた。

「うちのっていうか、ときどきごはんをあげてるんだ。最近来ないから、弟が心配してさ。いっしょに探《さが》してたの」

「そうなんだ。うちにもときどきエサを食べに来てたんだけど、なぜか最近はずっととまってるんだよね」

「親分、親分。ごめんね、会いたかったよ」

碧は、泣きながら親分をだきしめた。親分は、碧を安心させるようにほほをなめた。

ああ、よかった、ってオレは心の底から思った。伊吹と美村さんも、碧たちを見て、「かわいい」とか、「いやされるね」とか言っていた。

でも、そんな一件《けん》落着なムードに水を差すように五十嵐が言ったんだ。

「如月の髪《かみ》って、天パ？　髪《かみ》のクルクルって生まれつき？」

一瞬《いっしゅん》、なにを言われたのか、わからなかった。

だってふつう、高学年にもなって、人のコンプレックスをずばりと指てきしてくる子なんて、いないから。

びっくりしたあとは、急速に腹《はら》が立って、

「――そうだけど、悪い？」

と、ぶっきらぼうに返した。でも五十嵐は、「ふうん」と、あいづちを打つだけ。しかも、

「あ、忘《わす》れてた。ちょっと待ってて。パソコンつなげっぱなしだった」

と言って、家の中に引っこんだ。

「――自由すぎるだろう」

ぼそっとつぶやくオレ。しばらくしてもどってきた五十嵐は、「ごめん、お待たせ」

とげん関にあったサンダルを足に引っかけた。

「フランスにいる友だちとリモートで、ルブランの世界観について話しあっている最中なのを忘《わす》れててさ。あ、ぼく『世界ミステリー小説の会』っていうグループに所属《しょぞく》しているんだ」

フランス……、ルブラン……。世界ミステリー小説の会……。

え、なにそれ。ツッコミどころが満さいなんですけど。

「五十嵐って、フランス語を話せるの?」

とりあえず、質問《しつもん》した。

「ううん、会話は英語だよ。その子もフランス人じゃないし。べつの国に住んでいたけど、独立運動で治安が悪くなって、家族でフランスに移住《いじゅう》したんだって」

「独立運動？」

「ある地域《ちいき》や国が、自分たちの政府や国を作りたいって願う運動だよ。ぼくの友だちの国でも、その運動が起きてて、ときには紛争《ふんそう》と呼《よ》ばれることもあるんだ。最近、フランスでは移民を受け入れるのがむずかしくなっているんだけど、友だちの家族はなんとかわたれたんだ」

紛争《ふんそう》──。

言葉の意味を理解《りかい》したとたん、胸《むね》がドキッとはねた。それは伊吹も同じだったようで、

「だいじょうぶなの？」

と、心配そうな声でたずねたんだ。

「うん。またあとで連らくするって約束したから」

「そうじゃなくて。その子、危《あぶ》なかったんじゃないの？」

「あー、そっちの話ね」

五十嵐は一度言葉を切った。

「だいじょうぶかどうかは、ぼくにはわからないよ。本人にきいたところで、ほんとうのことを教えてくれるとはかぎらないしね」

そうなのかな。

うん、そうなのかもしれない。

でも……。わからないの一言で、終わらせていいのかな。

五十嵐は、茶色く染《そ》まった髪《かみ》をいじりながら、「さっきの続きだけど」と話をもどした。

「ぼくの髪《かみ》も天然なんだ」

「――え？」

「両親ともに日本人なんだけど、ぼくだけ生まれつき髪《かみ》の毛の色が明るいんだ。それで一年生のころから黒に染《そ》めていたんだけど、もういやになってさ。毎月染《そ》めるのもめんどうだし、髪《かみ》の毛も傷《いた》むしね。それに、地毛をかくす理由ってなんだろうって思ったんだ。それで、四月に担任《たんにん》の先生に、生来の色にもどしたいって相談したんだ。そしたらさ……」

五十嵐は苦々《にがにが》しい表情《ひょうじょう》をうかべた。

「今さらもどしたところで、目立つだけだから、やめておけって言われたんだ」

そのときの様子が目にうかぶようで、オレは顔をしかめた。伊吹と美村さんも、「サイテーじゃん」「ひどいね」とおこった顔になる。

髪《かみ》の毛の色が変われば、周囲《しゅうい》からいろいろ言われることくらい、五十嵐だってわかっている。

そういうめんどうなことをかくごしたうえで相談したということが、五十嵐と大して親しくないオレでもわかるのに、どうして担任《たんにん》の先生がわかってあげないんだろう。

六年三組の担任《たんにん》は、山下という男の先生だ。先生の中では若《わか》いほうだし、ノリもいいから、人気がある。

なんだよヤマセン、ただの見かけだおしか。ガッカリだよ。

なんかさ、と五十嵐はぽつりと言った。

「いろんなことが、どうでもよくなったんだ」

どうでもよくなって、それで学校に行く気がうせたのだと続けた。

「授業《じゅぎょう》はリモートでも受けられるし、塾《じゅく》にも行っているし、特に困《こま》った感じ、しないんだよね」

困《こま》った感じ、しないんだ……。まあ、しないかもね。

でも、うーん。ほんとうにしないのかな。

なにか言わなきゃと思った。でも、言葉はなにも見つからなくて、そんな自分に、ちょっと失望した。


結局、親分は五十嵐の家に置いて帰った。

帰り道、オレはとなりを歩く碧に「親分を置いてきて、ほんとうによかったの？」と確認《かくにん》した。

「うん。仲直りできたもん」

碧はすっきりとした顔で答えた。すっきりしているのは、親分と仲直りできたのと、それとはべつに、五十嵐の家で三十分ほど、お昼ねをさせてもらったからでもある。

「そっか」

と返して、オレは碧とつないだ手を大きくふった。

美村さんとは、さっき角を曲がるときに別れた。

「それに、あのお兄ちゃん、心が、いたい、いたいなんでしょう?」

「なんで、五十嵐の心が痛《いた》いって、わかるの?」

「親分はね、心がいたい、いたいって泣いているの人のところに行くんだよ。それでみんなを元気にしてあげるの」

「親分が、そう言ったの?」

「そうだよ」

『夕焼け小焼け』のメロディーが流れてきて、五時になったのがわかる。でも、まだ明るいから、全然、夕方という感じがしない。

『夕焼け小焼け』を聞いているうちに、オレは、親分がはじめて家に来たときのことを思いだした。

母さんが亡《な》くなって、一か月がたったころだった。

にゃーんという鳴き声が聞こえて、オレがげん関を開けると、親分が外階段《かいだん》に、ちょこんと座《すわ》っていたんだ。

おそるおそる手をのばすと、親分は、おとなしくなでさせてくれた。ふわふわで、やわらかくて、とても温かかった。命の温かさだった。

――お父さーん！　ねこ！　ねこちゃんが来たよ！

――へ？　ほんとうだ。ずいぶん大きなねこだな。

――ねえ、ごはんあげてもいい？

――うーん、まあいっか。ねこのごはんを買ってくるから、ちょっと待ってて。

オヤジは、コンビニまで走って、ねこ用のかんづめを買ってきた。

――黄介、碧。ねこちゃんが遊びに来たぞ。ほら、こっちにおいで。

そうだ思いだした。親分のおかげで、オレたち家族は、あのときようやく笑うことができたんだ。


「親分、あのお兄ちゃんの元気が出るツボ、おしてくれるかな」

「元気が出るツボ?」とオレはきいた。

「うん。腰《こし》にある、【命門《めいもん》】っていうツボだよ。お父さんに、教えてもらったの。【命門《めいもん》】は、元気モリモリになるツボだって。だからね、親分に、お兄ちゃんの【命門《めいもん》】をおしてあげてってたのんだの」

「――碧、すごいね」

まだ六歳《さい》で、不登校っていう言葉も知らないはずなのに、こんなにも周りに優《やさ》しくできるなんて、オレの弟、カッコよすぎだろう。

「親分なら、絶対《ぜったい》におしてくれるよ」

「なんせ親友のたのみだもんね」

伊吹も優《やさ》しく笑ってくれた。

空にうかんだソフトクリームみたいな入道雲を見上げて、オレは大きく息をついた。

「はあー。今日はほんとうにこい一日だったなあ」

「――言っておくけど、おれのほうがいろいろと、しょうげき的だったんだからな」

伊吹がちょっとふくれっつらをして、すねたようにこっちを見た。それでオレは、「あ、そっか」と思いだした。

こいつ、オレとオヤジのこと、今日知ったんだっけ。

「そっかって……。まあ、いいけどさ」

伊吹はため息をついた。

「すねんなよ」

オレは片足《かたあし》をのばして、伊吹のしりを軽くけった。

「いって。すねてないし」

すぐにけりかえしてくる。

「しょうがないっしょ。オレだって、ふだんは忘《わす》れてるんだからさ」

「――そっか」

伊吹は、小さくうなずくと空を見上げた。

フランス……、紛争《ふんそう》……。

純也くん……、沙和……。

碧のねこ語……。

今日一日で知らない世界をいっぱい知った。うん、ほんとうにこい一日だった。

「伊吹、あのさ……」

「んー？　なに？」

「あしたも、五十嵐に会いに行ってみない？」

「いいよ。てか、おれも今、それを言おうと思っていたところ」

伊吹はニカッと笑いかえしてきた。

知らない世界はいっぱいある。でもオレが知っていることもある。だからあした会ったら真っ先に五十嵐に伝えよう。
その茶髪《ちゃぱつ》、すっごい似合《にあ》ってるよ。

如月《きさらぎ》さんちの今日のツボ❸

お話に出てきたツボをしょうかいするよ！

命《めい》門《もん》

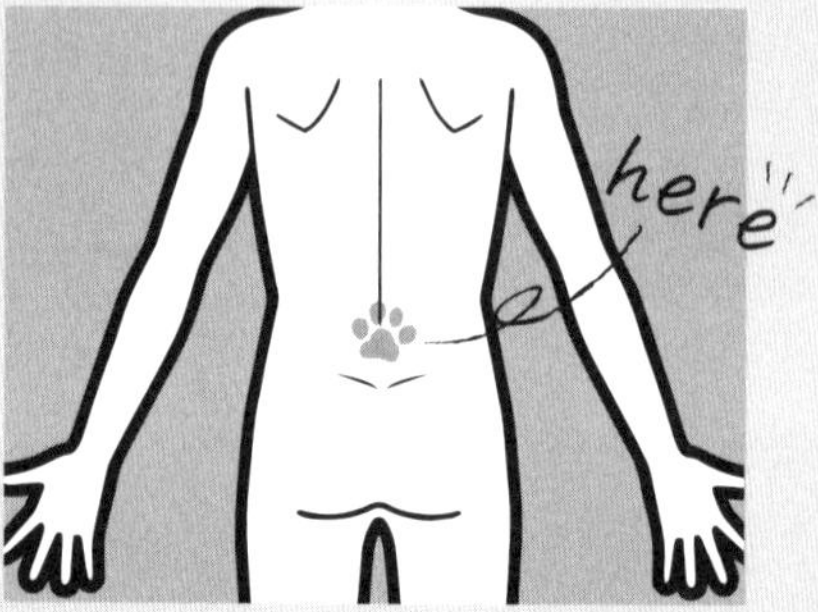

▲おへそのちょうど真裏《まうら》の腰《こし》にあります。自分では見つけにくいので、鏡を使ったり、だれかに手伝ってもらったりしましょう。

効《き》きめ

◆**元気が出る：**つかれていたり、やる気が出なかったりするときにおすと、エネルギーがわいてきます。

◆**腰《こし》の痛《いた》みをやわらげる：**腰《こし》が痛《いた》いときにおすと、少し楽になります。

◆**体が温まる：**寒がりさんの味方。体がぽかぽか温かく感じられ、冷え性の改善《かいぜん》に役立ちます。寒い日にぴったり！

おし方

❶ リラックスできる場所に座《すわ》って、深呼吸をして心を落ちつけましょう。

❷ 命門《めいもん》を見つけます。

❸ 両手の親指を使って、命門《めいもん》を優《やさ》しくおしてください。

❹ そのまま少しずつ力を入れます。

❺ 10～15秒くらいおして、ゆっくりと力をぬきます。これを2～3回くりかえしましょう。

落ちこんでいる友だちがいたら、【命門《めいもん》】を優《やさ》しくおしてあげな。あとは、ごはんを食べてお昼ねをしよう。起きたらきっと元気モリモリになってるニャ！

※あまり強くおしすぎないようにしましょう。痛くなったら、すぐにやめてください。
※自分でおすのが難しければ、家族か友達に手伝ってもらいましょう。また命門がある場所をカイロや蒸しタオルで温めるのも効果的です。
※だれかにおしてもらうときは、転ばないように壁や柱に手をつけておきましょう。
※ツボの効き方は人それぞれ違います。効果を感じにくいときもあるかもしれませんが、あまり心配せずに続けてみてください。

八月

家族写真

いっそ、台風でも来たらよかったのに。

ぎらぎらとした太陽の下、オレはため息をついた。

「青葉《あおば》ーっ！　早く乗らないと出発しちゃうぞっ！」

父よ……。あなたにだって、思春期があったはず。それなのになぜ、わからないのですか。

「オヤジとメリーゴーラウンドって、どんな苦行だよ……」

昨日《きのう》の夜、遊園地のチケットが発見された。そう、発見されたんだ。碧《みどり》のお気に入りの電車のおもちゃが見あたらなくて、家族みんなで探《さが》していたときに、ソファの下から、遊園地のチケットが入った茶ぶうとうが出てきた。

犯人《はんにん》(?)はオヤジ。オヤジが患者《かんじゃ》さんからもらったチケットで、あろうことかオヤジは、もらったこと自体、忘《わす》れていたらしい。

有効期限《ゆうこうきげん》は八月十五日まで。で、今日がその八月十五日。

如月鍼灸治療院《きさらぎしんきゅうちりょういん》は、ちょうどお盆休《ぼんやす》みで、オレと黄介《おうすけ》は夏休みの真っ最中。

オレは、「二人で行ってきなよ」と言ったんだ。「チケットは二人分しかないし、オレはもう遊園地ではしゃぐ年でもないからさ」とね。もちろん、ほんとうは遊園地が大好きだよ。でも家族四人で行くのは……、六年生的にキツいというかさ。だから、さりげなく断《ことわ》ろうとしたのに、例によってオヤジが、

「なに遠りょしてんだよ。チケットなんて買いたせばいいだけなんだから、みんなで夏

の思い出を作りに行くぞっ！」

と、「親の心、子知らず」と真反対の「子の心、親知らず」なことを言ってきたんだ。

しかも、

「青くん昨日《きのう》の夜、『毎日ひまだ。夏休みの日記のネタがない』ってスイカ食べながらぐちってたじゃん」

と黄介は言うし、

「青ちゃんも、いっしょじゃなきゃダメ」

と碧はだきついてくるし……。

「わーかったよ。いっしょに行けばいいんだろっ」

降参《こうさん》するしかなかった。

メリーゴーラウンドの白馬にまたがっていると、

「写真、とろう。写真！」

馬車に乗ったオヤジたちがさわぎはじめた。

「オレがとるよ。みんな、こっち向いて」

オレはスマホをみんなに向けた。

写真って、すごく性格《せいかく》が出ると思う。うちの場合、オヤジは変顔か、わざとらしいキメ顔。黄介は完ぺきなアイドルスマイル。引っこみ思案な碧は、カワイイはにかみ笑顔。

オレは、そもそも写真が苦手。カメラを意識《いしき》したとたん、笑顔の作り方がわからなくなるんだ。おそらくこの病《やまい》はオヤジにも治せまい。

だから写真をとるときは、率先《そっせん》してカメラマンになることにしている。

「あんまり暑くなくてよかったな」

メリーゴーラウンドを降《お》りると、オヤジは気持ちよさそうにのびをした。

天気予報《よほう》によると、今日の最高気温は三十二度。

「なあ、青葉。桃子《ももこ》さんとオレの三人で遊びに来たときのこと、覚えてるか？」

はあ……。また、この話か……。

遊園地で遊ぶたびに、オヤジはこの質問《しつもん》をしてくる。オレの答えは毎回、同じなのに。

「覚えてない」

「青葉はまだ二歳《さい》だったもんな」

　このあと続くオヤジの話もまた、いつも同じなんだ。

「黄介が生まれる前で、オレと桃子さんは新婚《しんこん》ほやほや。青葉は小さかったから、乗れるアトラクションは少なかったけど、それでもめちゃくちゃ楽しかったよ」

　で、オレの反応《はんのう》も毎回、変わらない。「ふうん」の一言。

　でも、オヤジはこれっぽっちも気にしない。楽しそうに、その日に食べたホットドッグがおいしかったことや、迷子《まいご》になったオヤジをオレと母さんが園内放送で呼《よ》びだしたこと、無事に再会《さいかい》したあと、はじめてオレから、「パパ」と呼《よ》ばれたことなんかを楽しそうに話しつづけるんだ。

　覚えてはいないけど、その日とった写真なら、何度も見たことがある。ちびっ子のときから、オレは例の「笑顔が作れない病」にかかっていた。だから、誕生日《たんじょうび》も運動会も七五三も、写真のなかのオレは、「虚無《きょむ》」って感じの無表情《むひょうじょう》か、きんちょうしたかたい表情《ひょうじょう》のどちらか。でも、あの日の写真だけは、めずらしくどれも笑顔で写っていたから、たぶんほんとうに楽しかったんだと思う。でも、そんなことは口がさけてもオヤジには言えない。だから、その代わりに、今一番、気になっていることを言うことにした。

「あのさ、なんで、そのT《ティー》シャツを着てきたの？」

「へ？　ダメ？　なんか問題ある？」

「むしろ問題しかないっていうか」

オヤジが着ているのは、去年の商店街のお祭りで実行委員の人たちが着ていた、星乃《ほしの》森商店街《もりしょうてんがい》のオリジナルT《ティー》シャツだ。黒地に、大きな星印のイラスト入り。しかも、星印には笑顔の目と口がかいてあって、絶妙《ぜつみょう》にダサい。そして目立つ。ものすごく目立つ。

「どこが問題なんだよ？　シミもほつれもないし、生地はコットン一〇〇パーセントなんだぞ」

「そういう問題じゃないから」

オレは一刀両断《いっとうりょうだん》した。

「ほんとうに、そういう問題じゃないから」

メリーゴーラウンドの次は、おばけやしきに入った。おばけに大泣きする碧をあやして、どうにか脱出《だっしゅつ》すると、今度はコーヒーカップに乗った。ゴーカートでは黄介とタイムを競って、ちびっこジェットコースターでは、碧の麦わらぼうしが飛ばされて、降《お》りてから、みんなで探《さが》した。

お昼ごはんは、園内にあるフードコートで食べた。焼きそばやハンバーガーを四人で食べていると、

「ねえ、あのおじいさん、だいじょうぶかな」

黄介が、暑さであせをかいたメロンソーダを片手《かたて》に、ついっと視線《しせん》を動かした。

おじいさん？　とオレは、焼きそばをすすりながら、黄介の視線《しせん》を追った。そこには、

ふらついて歩く、今にも転びそうな、おじいさんがいた。ひょろりとしたおじいさんで、Y《ワイ》シャツにループタイを巻《ま》いて、おまけにこん色のスーツまで着ている。遊園地らしくない服装《ふくそう》だし、なにより暑そう。

おじいさんは、いすに座《すわ》ると、胸《むね》に手をあてて大きく息をついた。

「具合でも悪いのかな」と黄介。

「熱中症《ねっちゅうしょう》とか？」

とオレが返すのとほぼ同時に、オヤジは手にしていたドリンクを置いて、リュックをつかんで素早《すばや》く立ちあがったんだ。

リュックの中には救急《きゅうきゅう》セットが入ってい

る。ばんそうこうや包帯、消毒薬《しょうどくやく》。それと、もちろん鍼《はり》とお灸《きゅう》。

オヤジは、おじいさんに歩みよると、「こんにちは」と声をかけた。

「もしかして、どこか苦しいのではありませんか」

こういうとき、ちょっとだけオヤジを見直す。ちょっとだけ、ね。

会話の内容《ないよう》までは聞きとれなかったけど、しばらくするとオヤジはオレたちの席にもどってきた。

「心配ないみたいだ。受け答えはしっかりしているし、水分もきちんととっているそうだから。さあ、早く食べて、アトラクションに乗ろう」

そう言って、オヤジは食べかけのホットドッグをほおばった。

うん。オヤジがだいじょうぶと言うのなら、ほんとうにだいじょうぶなんだ。オレたちは安心して食事を再開《さいかい》した。

「あっ、さっきのおじいちゃんだ！」

と碧が言ったのは、観覧車《かんらんしゃ》に乗っているときだった。窓《まど》ごしに地上を指さす碧の視線《しせん》をたどると——あ、いた。

おじいさんは、アヒルボートとおばけやしきの間の道をゆっくりと歩いていた。

「よかった」

すぐ後ろで、オヤジが笑った気配がした。

「なにが？」

とオレはふりかえった。

「さっき、あのおじいさんに熱中症予防《ねっちゅうしょうよぼう》に効果的《こうかてき》なツボを教えたんだ。【通里《つうり》】というツボなんだけど、歩きながらおしているのが見えたからね」

オヤジは、「ここが【通里《つうり》】だよ」と左手首の近くを指さした。

観覧車《かんらんしゃ》はどんどん高度を上げていくから、【通里《つうり》】から地上に視線《しせん》をもどしたときには、おじいさんの姿《すがた》は見えなくなっていた。

「あのおじいさん、一人で来ているのかな？」

黄介がつぶやいた。

「うん。毎年この日は、一人でここに来るって、さっき言っていたよ」

「毎年？　なんで？」

とオレはきいた。オヤジはふっとまじめな顔になった。

「みんな、いろいろかかえて生きているからね」

なにそれ、とオレはちょっとムッとして返した。

「いろいろあるなんて、あたり前じゃん」

「まあ、そう言うなって」

オヤジは苦笑した。

「【通里《つうり》】は、通じる里と書くんだ。『通』は流れを、『里』は、体の内側を意味している。【通里《つうり》】は、体の内部と外部を結びつけ、エネルギーがスムーズに流れるのを助けてくれるんだよ」

オレは、なんとなく、左手首の【通里《つうり》】を親指でおしてみた。痛《いた》くも、なんともない。

「どうだ？」

とオヤジがきいてきたから、「べつに。なんも感じないけど」と正直に答えた。

「それなら、安心だ」

「え？」

【通里《つうり》】をおして、痛《いた》くないのなら、青葉は心も体も健康ってことだ」

オヤジは、グッと親指を立てた。


観覧車《かんらんしゃ》から降《お》りたときには午後二時を過《す》ぎていた。オレと黄介はまだまだ元気だけど、碧の体力を考えると、あと一つか二つアトラクションに乗ったら、帰る時間かな。

園内地図をみんなでのぞいていると、オヤジのスマホが鳴った。

「もしもし、染谷《そめや》さん？　えっ？　ねちがえて、首が動かせない？」

染谷さんは、星乃森商店街の写真館『かげろう』の店主だ。

このときオレたちは、ジェットコースターのすぐ近くにいた。

オヤジはちらっとオレを見た。オッケー、だいじょうぶ、とオレは身ぶりで答えた。

すると、オヤジはスマホを耳に当てたまま、オレたちから遠ざかった。

黄介と碧といっしょに自動販売機《はんばいき》のところへ行って、オヤジからあずかった財布《さいふ》でスポーツドリンクを買う。

カラフルなパラソルがついた丸いテーブル席で、碧の顔のあせをハンドタオルでふいていると、「青くん……」と黄介が不安そうな声で呼《よ》んで、オレのT《ティー》シャツのそでを引っぱった。

「あのおじいさんが……、こっちに来る」

黄介の言うとおり、フードコートで見かけたおじいさんが、オレたちの席に向かってきていた。

「やあ、こんにちは」

おじいさんは、オレたちの前で立ちどまると、ぼうしをぬいだ。

「こんにちは」

とオレたちは返した。

「おや？　お父さんは、いっしょじゃないのかい？」

「――父は静かな場所で電話をしています。でもすぐにもどってきます」

オレは、少し警《けい》かいしながら返した。悪い人には見えないけど、知らない人ではあるからね。

「お母さんはお留守番《るすばん》なのかな？」

「母は――」

「お母さんはいないよ。ぼくんち、フシカテイだから」

オレの声にかぶさって、碧が答えた。まさか碧の口から「父子家庭」なんて言葉が飛びだすとは思わなかったから、びっくりした。オレのとなりでは、黄介が「こいつは＊虚《きょ》をつかれたね」なんて、おまえはどこのご隠居《いんきょ》さまだよ、とつっこみたくなる感想を口にした。

「そうかい。それはすまないことをきいたね」

「へーキだよ」

碧は、にっこりと笑いかえした。

オレは、さりげなく周囲《しゅうい》を確認《かくにん》した。人通りは多いし、スタッフがいる売店はすぐそこだ。それにオレのほうがおじいさんより体格《たいかく》はいいし、いざとなれば黄介も碧も走るのは速い。うん、だいじょうぶだ。

「あの、よかったら座《すわ》ってください」

オレは、テーブルをはさんで向かい側の席をすすめた。

「おお、こりゃすまんな」

おじいさんは手に持っていた麦茶のペットボトルをテーブルに置いて、「よっこらしょっと」と言ってゆっくりと腰《こし》かけた。

「きみたちのお父さんは、鍼灸師《しんきゅうし》なんだってね。熱中症《ねっちゅうしょう》の予防《よぼう》に効果《こうか》があるというツボを教えてもらったよ。おしてみたら、けっこう痛《いた》かったよ」

「そうですか」

＊虚《きょ》をつく…相手が油断《ゆだん》しているところをやっつけること。

痛《いた》かったんだ……。

おじいさんは、ズボンのポケットからせんすを取りだして、ぱたぱたと顔をあおいだ。

暑いならスーツなんて着てこなければいいのに。

「なんでそんなに厚着《あつぎ》をしているんですか？」

黄介が、おじいさんにたずねた。

おじいさんはせんすをテーブルに置くと、ループタイの位置を直した。

「今日はね、わたしにとって大切な日なんだ。だから、ちゃんとした服装《ふくそう》でいたいのさ」

「お誕生日《たんじょうび》なの？」

これは碧。

おじいさんはオレたち兄弟をかわるがわるに見たあと、遠くを見るような目で園内をながめたんだ。

「昔、ここにわたしのおうちがあったんだよ。でも、小さいころになくなってしまってね」

「どうしてなくなったの？」

「戦争で、このあたり一帯は焼けてしまったんだよ」

あ、とオレは思いだした。そうか、八月十五日って、終戦記念日だ。

「せんそうって？」

碧がむじゃきな顔でたずねる。

「国と国のけんかだよ。どんどん大きなけんかになって、なかなか仲直りすることができなかったんだ」

どこまで理解《りかい》できたのか、碧は、「ふーん」とうなずくと、すんだ目でおじいさんを見上げた。

「みんな遊園地に来ればいいのにね。そしたら楽しくて、けんかしてても、あっという間に仲直りできるのに」

そしたら今度は黄介が、

「けんかをしたい人は全員、ぎっくり腰《ごし》になる魔法《まほう》にかかるっていうのもいいね。そうすればふとんから出られなくて、だれもけんかできないもん」

と言ったものだから、オレはひやひやした。だっておじいさんは戦争を知っているから。知識《ちしき》としてではなく、経験《けいけん》として。あんまり軽いことを言うのは、失礼だと思ったんだ。

「遊園地……、ぎっくり腰《ごし》……」

おじいさんは、あっけに取られた顔でつぶやくと、とつぜん、大きな声で笑いだした。

「ハッハッハーッ！　いやあ、ぼうやたちの言うとおりだよ。大人《おとな》はダメだなあ。いつもそうだ」

おじいさんは、しばらく笑ったあと、静かに空を見上げた。

――みんな、いろいろかかえて生きているからね。

さっき観覧車《かんらんしゃ》でオヤジが言っていたことを思いだした。たぶん、オヤジはおじいさんがここに来た理由を教えてもらっていたんだ。

オレが、おじいさんの「いろいろ」を理解《りかい》するのは、きっと無理だ。生きてきた背景《はいけい》がちがいすぎるもの。

家や町を破《は》かいされるきょうふは知らないし、ひもじい思いをしたこともない。

でも、母さんのことがあるから、大切な人の命が、ある日とつぜんうばわれる悲しみや、そこから生まれるにくしみは知っている。

「毎年、思いだしたいんですか」

気づいたら、オレはおじいさんにきいていた。

「オレだったら、大切な人を失った場所には近づきたくないし、その場所で、なにも知らない人が楽しそうに笑っているのを見ると、腹《はら》が立つ。その人は関係ないって、頭ではわかっていても、心が納得《なっとく》しない」

だからオレは、母さんが事故《じこ》にあった場所には近づかないし、学校に行くときも、遠回りをして、そこを通らないようにしている。伊吹《いぶき》も、オレにつきあってくれている。

おじいさんは、すぐには答えなかった。通りを行きかう人を見つめてから、話しはじめた。

「焼けてしまったこの場所に、最初はバラックがいくつも建ったんだ。ああ、今の子は、バラックと言われても、わからないかな。ようはほったて小屋さ。家を失った人たちが、焼けのこった板や、がれきを使って家を建てたんだ。何年かして、その人たちがいなくなると、今度はこの土地に小学校が作られた。――それから何十年かたって、校舎《こうしゃ》は別の場所に移《うつ》った。空いた場所に大型スーパーが建ち、やがてつぶれて、今度は遊園地が作られた。作られて、さら地になって、また作られて、またさら地になる。この場所が変わっていくのを、わたしはずっと見てきた。きみの言うとおり、ここに来るのはつらい。何十年たっても、それは変わらない。ただ、わたしだけは忘《わす》れないでいよう、と思うんだ。生きているかぎり、忘《わす》れないでいようとね」

オレは、目を閉《と》じて、おじいさんの言うバラックが建ちならんでいたときの光景を思いうかべた。

それから、小学校やスーパー、そこに集う人びと。それらがなくなり、さら地になったときの風景も。

今、見えている以外の景色《けしき》がここにはあったんだ。オレもいつかおじいさんのように考えられる日がくるのかな。それがいいことなのかどうか、今のオレにはまだわからないけど。

戦争や事故《じこ》、天災《てんさい》などのつらくて悲しい出来事がある一方で、楽しくて平和な日も、地球上には存在《そんざい》している。泣きたい日もあれば、今日みたいに、めちゃくちゃ楽しい日もあって……。

オレには、将来《しょうらい》の夢がとくにないから、これからどう生きていくのか全然見えない。でも、苦しい記おくから目をそらさずにいるおじいさんを見て思った。納得《なっとく》できないことがあっても、少しでも明るいほうに、できるだけ変えていきたい。

毎日も、この世界も。

目を開けると、おじいさんが左手首の【通里《つうり》】をおしていた。

「痛《いた》いですか?」

とオレはおじいさんにきいた。

「さっきまではね。だけどおしているうちに、痛《いた》くなくなってきたよ」

「それなら、安心だ」

「うん？」

しまった、オヤジがうつった。

「えっと、父がよく言うんです。『心身一如《しんしんいちにょ》』とか、心と体はつながっているとか。だから、その……、【通里《つうり》】をおして痛《いた》くないってことは、心と体の通りがよくなったのかなって思って」

頭を一生けん命働かせて言うと、おじいさんはほほえんだ。

「きみは、お父さんによく似《に》ているね。優《やさ》しくて、まっすぐなところが、お父さんにそっくりだ」

「…………………」

オレが、オヤジに似《に》てる？

うそでしょう。だって、オレだけ天パだよ。でも、そっか……。

血がつながっていなくて、似《に》ることってあるんだ。

どうしよう。なんだか、すごくうれしい。くすぐったい。

「あ、ありがとうございます」

顔がほてる。あー、暑いな。

オレたちのペットボトルが空っぽになったころ、ようやくオヤジはもどってきた。

「ごめん、ごめん。お待たせ」

オヤジは、オレたちといっしょにいる小芝《こしば》さん（おじいさんは、小芝三郎《さぶろう》という名前なんだ）を見て、「おや」という顔をした。

「息子《むすこ》たちについていてくださったんですね。ありがとうございます」

「なんの、なんの。世話になったのは、わたしのほうですよ。ぼうやたち、ありがとう。元気でね。これからも、【通里《つうり》】をおすよ」

そう言って、小芝さんはしっかりとした足取りで去っていった。

オヤジは空いたいすに腰《こし》かけた。

「電話、ずいぶん長かったね。染谷さん、だいじょうぶなの？」

オレはオヤジにきいた。てっきり二、三分でもどってくると思っていたのに、三十分以上ははなれていたんじゃないかな。

「明日往診《おうしん》することになったよ」

そう答えたあと、オヤジは苦笑した。

「実は染谷さんとの電話を終えたあと、腰《こし》をおさえて立ちどまっている人が近くにいてね。どうしたのかなと思って声をかけたら、ジェットコースターから降《お》りるときにぎっくり腰《ごし》になって、歩けなくなったと言うんだよ。それで治療《ちりょう》をしていたんだ。で、そのあとは迷子《まいご》になって泣いている男の子がいたから、いっしょに迷子《まいご》センターまで行って、その子の両親がむかえに来るまで、不安がやわらぐツボをおしてあげていたんだ。で、無事に両親が見つかって、さあ青葉たちのもとにもどろうとしたら今度は、熱中症《ねっちゅうしょう》になってたおれている女の人がいてね。鍼灸治療《しんきゅうちりょう》だけでは足りなさそうだったから、スタッフさんにお願いして、救急車《きゅうきゅうしゃ》を呼《よ》んでもらっていたんだよ」

オヤジは、「やっぱり備《そな》えあればうれいなしだな」と救急《きゅうきゅう》セットが入ったリュックをぽんっとたたいた。

「お父さん、すごいっ！」

「困《こま》っている人を助けるなんて、正義《せいぎ》のヒーローみたいだ」

碧と黄介は、素直《すなお》にオヤジをほめた。でも、オレは、二人みたいなことは言えない。

「休みの日くらい、鍼灸師《しんきゅうし》でいるのをやめればいいのに」

迷《まよ》うことなく困《こま》っている人のもとにかけつけるオヤジを尊敬《そんけい》する一方で、オレは、オヤジが働きすぎてたおれたり、事故《じこ》に巻《ま》きこまれて、母さんみたいになることをおそれていた。

だって、オレたちにはもう、オヤジしかいないから。

「心配してくれてありがとう。でも、それは無理な相談だな」

オヤジは、きっぱりとした口調で言ったんだ。

「だってお父さんは、鍼灸師《しんきゅうし》を目指したから、青葉たちのお父さんになれたんだ」

うれしかった。でもそれ以上に照れくさくて、

「──あっそ」

とオレは、ぶっきらぼうに返した。

その後は、もう一度コーヒーカップに乗って、伊吹《いぶき》や近所の人たちにわたすお土産《みやげ》を買って、帰ることになった。

「またまたチケットをゲットしちゃったな」

「たな」

「たな!」

星乃森商店街をオヤジと黄介と碧は、うれしそうにスキップしながら進んでいく。黄介と碧はいいとして、三十を過《す》ぎた父親がスキップをする姿《すがた》は見ていてはずかしくて、オレは他人のふりをした。商店街のみんなは、オレたちが家族なのを知っているが。

今のオヤジのリュックの中には、遊園地のチケットが家族分入っている。

なにが起きたのかというと、遊園地を出ようとしたら、なぜだか出口に係員さんがいっぱいいて、ものものしいふんい気がただよっていた。事件《じけん》でもあったのかな、と思っていると、係員さんたちがいっせいにオレたちのもとにかけよってきた。そして、「もしかして、『通りすがりの鍼灸師《しんきゅうし》さん』ですか?」ときいてきたんだ。

通りすがりの鍼灸師《しんきゅうし》? なにそれ? とはてなマークをうかべるオレたちのとなりで、「はい。そうです」とオヤジは返事をした。

ぎっくり腰《ごし》の人、迷子《まいご》の男の子、熱中症《ねっちゅうしょう》の女の人。

この人たちを助けるとき、オヤジは、「あやしい者ではありません。通りすがりの鍼《しん》灸師《きゅうし》です」と名乗ったらしい。——「その発言、逆《ぎゃく》にあやしいけど」とオレと黄介は言ってやったよ。

とにかく、通りすがりの鍼灸師《しんきゅうし》は、事件《じけん》(?)が無事に解決《かいけつ》すると「息子《むすこ》たちが待っているので」と言って足早にその場を去った。

助けられた側は、きちんとお礼がしたいと思い、係員さんに、通りすがりの鍼灸師《しんきゅうし》を見つけてほしいとお願いしたとのこと。そのときオヤジの特ちょうとして挙がったのが「背《せ》が高くて、大きな星の絵がえがかれたT《ティー》シャツを着ている人です。とにかく目立つんです」という声だった。

オヤジに声をかけた係員さんは、

「そのT《ティー》シャツのおかげで、すぐにわかりましたよ」

と星乃森商店街オリジナルT《ティー》シャツを見て大きくうなずいた。

「これを着てきて、正解《せいかい》だったろう」

オヤジはドヤ顔をした。

そして、助けたお礼として、遊園地からチケットをプレゼントされたんだ。

チケットの有効期限《ゆうこうきげん》は年内。だから、オレはまた、オヤジや弟たちといっしょにメリーゴーラウンドや観覧車《かんらんしゃ》に乗らなきゃいけないんだ。――べつにいいけどさ。

夕方の商店街は買い物をする人でいっぱいで、オレたちは、のんびりと歩いた。

前を歩く黄介と碧は、仲よく手をつなぎながら、しりとりをしていた。

「とうふこぞう」

「う……、うみねこっ！」

「子泣きじじい」

「い……、いすっ！」

「すなかけばばあ」

「あ……、あんパンっ！」

「パン～？」

「あ、あんパンころころどんぶりこっ！」

碧が言いなおした。ころころするのは、どんぐりだぞ、小さく笑ってから、オヤジを見上げた。

「オヤジって、オレよりうんと年上じゃん」

「そうだけど。え、なに？　とつぜん」

「オレや黄介、碧くらいの年のときのことって、覚えてる？」

「そりゃあね。全部じゃないけど、結構《けっこう》覚えているよ。なんでそんなことをきくの？」

「オレ、九歳《さい》までしか母さんといっしょにいられなかったからさ」

いつか……。いつの日か、母さんのことを忘《わす》れてしまうのをオレはおそれていた。

顔や声は、写真や動画が残っているから、いくらでも再生《さいせい》できる。でも、オレがほんとうに忘《わす》れたくないのは、もっと小さなことなんだ。

たとえば夏休みの夜に、公園で花火をしようとしたら、近所のおじさんにおこられて、帰り道にみんなで「なにやってるんだろうね」って笑いあったこと。日曜日の朝、卵《たまご》を割《わ》ったら黄身が二つ入っていて、いっしょに喜《よろこ》んだときの幸せな気持ち。小学校に入って最初の授業《じゅぎょう》参観のとき、母さんはネットで買った新しいワンピースを着て、張《は》りきって学校に来た。でも、同じワンピースを着た母親がほかにも三人いて、気まずそうにしていたっけ。

こういう小さいけれど大事な、温かな記おくをいつまでも覚えておきたかった。

「とけることはあるよ」

　オヤジは、前を歩く黄介たちを見ながら言った。

「思い出が自分の中にとけて、思いだせなくなることはある。でも、消えることはない。その証拠《しょうこ》に、あるときふっとよみがえるんだ」

「ふっと？」

「夜ねる前に歯みがきをしているときや、家から一歩出て青空を見上げたとき、はだ寒い冬に親分が足もとにすりよってきたときとか、そういう、何気ない毎日の中で、ふっと遠い昔に別れた人の笑顔がうかんだり、あるひとつぜん、あのとき感じたにおいを思いだしたり、楽しかった気持ちがよみがえるんだ。目や手、鼻、耳、口、体の全部で思いだす。頭だけじゃなく、体全部で覚えているから。オレの全部の中で、あの日の景色《けしき》、あの日の気持ち、大切な人は、生きつづけているんだ」

　生きつづける。

　そっか、そうなんだ。それなら安心してもだいじょうぶなのかな。

とけて消えるのではなく、とけてもオレの中に残りつづけるのなら、さびしくはないのかな。

そう思ったら、自然と言葉が出た。

「オヤジ、再婚《さいこん》しないの？」

「だから、さっきから質問《しつもん》がとつぜんすぎるよ」

「遊園地のチケットくれた患者《かんじゃ》さんって、女の人？」

「そうだけど」

やっぱりね。あやしいと思ったんだ。だって、ペアチケットだもん。

「その人、オヤジと二人で行きたかったんじゃないの？」

心当たりがあるのか、オヤジはすぐには答えなかった。

「オヤジが再婚《さいこん》したいのなら、賛成《さんせい》はしないけど、反対もしないよ。それに黄介や碧には、母親がいたほうがいいのかもしれないって思うときもあるし」

いやだけど。ほんとうはすごくいやだけど。母さん以外の女の人を好きになってほしくないけど。オレたち四人の生活をこわされるのなんて、まっぴらごめんだけど。

「オヤジの幸せも大事だと思っているからさ。オヤジがいいと思うなら、息子《むすこ》として応《おう》えんする」

「青葉……」

「オレ、オヤジの息子《むすこ》ってポジション、けっこう、気に入っているからさ」

だから、オヤジにとっても、じまんの息子《むすこ》でありたいんだ。

思いきって言えた開放感と、あーあ言っちゃった、というほんの少しの後かい。その両方の気持ちを感じていると、

「――チケットくれたのは、『地獄《じごく》の釜湯《かまゆ》』の仲江《のぶえ》さんだぞ」

オヤジが、笑いをこらえながら言ったんだ。

「へ？　仲江さん？」

「いつも治療《ちりょう》してくれるお礼だってさ。二人分しかなくて、ごめんねって」

「ええっ。うそでしょ……」

『地獄の釜湯』の先代女将《おかみ》の伸江さんといったら八十歳《さい》をこえるおばあさんだ。そして今もだんなさんとラブラブだ。

オヤジは、にやにやとうれしそうに笑った。

「なんだよ青葉、そんなことを心配してたのか」

「心配っていうか……」

心配ではない。不安とも、ちょっとちがう。ただ……。そう、ただ、オレはオヤジにも幸せであってほしいだけ。

「再婚《さいこん》なんてしないよ。オレは、青葉のお母さん、ひとすじだから」

うん、そうだといいな。これから先も。

ぽん、ぽん、とオヤジが頭をなでてきた。

「お父さんのためにたくさん考えてくれて、ありがとうな」

鼻のおくがつんとしてなみだが出そうだった。でもここで泣いたらオヤジに笑われそうだったから、おく歯をぐっとかみしめてがまんした。

しょうがない。もう一回くらい、いっしょに遊園地に行ってあげるか。

「お父さーん！　碧がねむたいって」

黄介がふりむいた。碧の目はもう半分閉《と》じている。

「たくさんお外にいたもんな。よし、碧。お父さんが、おんぶしてやる」

空が少しずつあかね色に染《そ》まっていき、みんなのかげがのびていた。それを見ているうちに、まるでお灸《きゅう》をしたときのように、じんわりと温かいものが心の中で広がった。

オレはスマホをかまえると、前を歩くオヤジたちの後ろから写真をとった。画面には、仲よく歩く三人の後ろ姿《すがた》と、オレの笑顔。道の両側には、オレが育った星乃森商店街の風景が広がっている。

スマホを空に向ける。

ねぇ、母さん、見える？

最高の家族写真でしょう。

「だーかーらっ！　オレが学校行くまでは、お灸《きゅう》するなって言っただろう！」

今朝《けさ》も今朝《けさ》とて、オレは部屋をただよう線香《せんこう》くさいにおいに、しかめっつらだ。

でも、ここだけの話、ほんとうはこのにおい、きらいじゃない。

だって、鍼灸師《しんきゅうし》だった母さんを思いだすにおいだから。

それにお灸《きゅう》は、患者《かんじゃ》さんを元気にするための大切な治療《ちりょう》道具だしね。だけど、あんまり優《やさ》しいことを言うと、オヤジはつけあがるからさ。

「窓《まど》を開けているんだから、いいじゃないか。そんなにおこりっぽいのは、肩《かた》がかたくなっている証拠《しょうこ》だな。よし、青葉。ちょっとこっち来い。治療《ちりょう》してやる」

「お父さん、青くん！　早く食べないとちこくするよっ」

「ケチャップが、どっかーんした……」

「うわっ。碧、着がえて、着がえて！」

相変わらず朝はドタバタだ。

『心身一如《しんしんいちにょ》』。心がつかれていたり、苦しかったりするときは、体も弱くなって、かぜや病気にかかりやすくなる。逆《ぎゃく》に、体が元気だと、心も元気になる。

鍼灸治療《しんきゅうちりょう》のことは、まだまだよくわからない。でも、とりあえずわが家はだいじょうぶだ。黄介はしっかりしているし、碧は素直《すなお》だし、オレは……、オレだから。

それにいざとなればオヤジがいる。ちょっと空気が読めないところがあるけれど、あれで結構《けっこう》たよりになるんだ。

これから先も、悲しいことや、にげだしたくなる瞬間《しゅんかん》はあるだろう。だけど、オレは少しずつ成長していくつもりだ。いろいろなやみながら、ちょっとずつ。

だからね、母さんは安心して天国でオレたちを見守っていて。

「青葉ー、いつまで洗面所《せんめんじょ》で髪《かみ》の毛とかしてるんだ。ちこくするぞ」

「ああもう、うるさいなっ。ちこくなんてしないって」

オヤジに対する「ツン」はまだぬけそうにない。だってオレ「お年ごろ」だもん。

——ていうかやばい。もうこんな時間だ。

「青くん、早く！」

「青ちゃーん、まだー？」

「オウくん、おはよう。あ、青葉さん。青葉さんのお友だちの伊吹さんは、もう家を出ていましたよ」

ワカちゃんの声だ。

「今行くって！」

スニーカーに足をつっこんで、外階段《かいだん》をかけおりる。

「お待たせ！」

みんなで見上げた空は青。

うん、行ってきます。

如月《きさらぎ》さんちの
今日のツボ❹

お話に出てきたツボをしょうかいするよ!

通里《つうり》

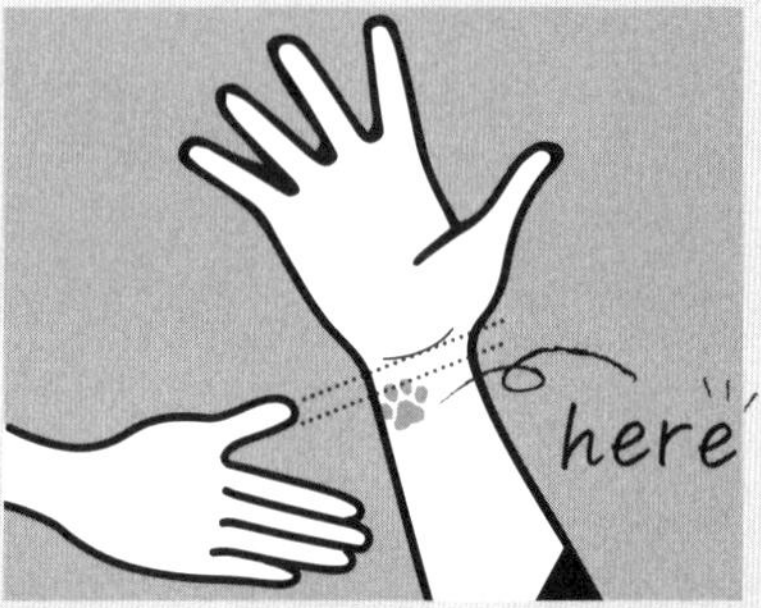

▲手首のしわから親指一本分、ひじのほうに進んだ、小指側にあります。(ツボは左の手首にもあります)

効《き》きめ

◆**気持ちがスッキリ**：心配事やストレスで、素直《すなお》になれないときにおしてみて。心がスーッと軽くなります。

◆**手のつかれがとれる**：長時間パソコンやゲームをして手がつかれたときにおすと、リフレッシュして、手の動きが軽やかになります。

◆**熱中症《ねっちゅうしょう》の予防《よぼう》**：暑い日や運動したあとにおすと、熱中《ねっちゅう》症《しょう》の予防《よぼう》になります。

おし方

❶ リラックスできる場所に座《すわ》って、深呼吸をして心を落ちつけましょう。

❷ 通里《つうり》を見つけます。

❸ 片手の親指を使って、ゆっくりとおしてください。

❹ そのままゆっくりと手首をぐるぐる回しましょう。

❺ 10～15秒くらいおして、ゆっくりと力をぬきます。これを2～3回くりかえしましょう。

熱中症を防《ふせ》ぐには、水分をたくさんとることが大事。暑い日でも安全に楽しく過《す》ごせるように、水分補給《ほきゅう》といっしょに【通里《つうり》】のツボをおしてみてニャ。

※あまり強くおしすぎないようにしましょう。強くおしすぎると、手首を痛める原因になります。
※暑い日に外で遊んでいて、頭がズキズキしたり、めまい、吐き気がしたら、熱中症の可能性があります。水分を取る、涼しい場所に避難する、大人を呼ぶなどの行動を取りましょう。
※ツボの効き方は人それぞれ違います。効果を感じにくいときもあるかもしれませんが、あまり心配せずに続けてみてください。

あとがき

親愛《しんあい》なる読者《どくしゃ》のみなさまへ

この本を手に取ってくださり、ほんとうにありがとうございます。

本を開く前、どんな気持ちでいましたか？　ワクワクしていたかもしれませんし、ちょっとつかれていたかもしれませんね。でも、どんな気分でもだいじょうぶ！　この本が、少しでもみなさんの心を軽くして、ほっと一息つける時間になれたなら、とってもうれしいです。

青葉くんたちを通じて、「ツボ」や「鍼灸治療《しんきゅうちりょう》」という言葉に初めて出会った方も、いるかもしれませんね。

ツボはとっても不思議で、そして心強い存在なんです。

体の中にある小さなポイントが、全身とつながっていて、心と体を元気にしてくれるなんて、まるで体の中に秘密の地図がかくされているみたいで、ちょっとワクワクしませんか？

青葉くんたちがツボの力を借りてなやみを乗りこえていく姿は、実はわたしが日々《ひび》の治《ち》療《りょう》現場で目にしている光景でもあります。

わたしは現役の鍼灸師《しんきゅうし》として、毎日たくさんの患者《かんじゃ》さんと向きあっています。その中には、青葉くんと同じ年くらいの子どももいます。

みんな、一生けん命がんばっているからこそ、ときどきストレスやきんちょうで体がカチコチにかたくなってしまうんです。

読者のみなさんも、ちょっと自分の肩《かた》や首、おなかをさわってみてください。

どうですか？　かたくなっているところはありませんか？

それから心はどうでしょう。ズーンと重たく感じることはありませんか？

もし、「うん、あるかも」と感じたなら、それは心と体が「ちょっと休ませて〜」とサインを送っているのかもしれません。

そんなときは、思いっきり体を動かして、おいしいごはんをしっかりと食べて、ぐっすりねむるのが一番！

でも……。

そう簡単にいかない日ってありますよね。そんなときは、ふだん手に取らないジャンルの本を読んでみるのも、いい気分転かんになるかもしれません。

それでもなんだか心も体も重たいときは、この本に登場したツボを、そっとおしてみてください。

『心身一如《しんしんいちにょ》』

この物語を作るうえで、大事にしていた言葉です。
心が元気だと、体も自然と軽くなる。そして、体が元気であれば、心もほっとおだやかになる。
だから、心も体もどちらも大切にしてあげてくださいね。
この本が、みなさんにとっての「読む鍼《はり》」や「心に効くお灸《きゅう》」になり、少しでも心が軽くなり、体のカチコチがゆるんで、笑顔が増えるきっかけとなれたら、わたしはとてもうれしいです。

最後になりましたが、この物語を選んでくださった小川未明文学賞の関係者のみなさま、いつも温かく支えてくださったGakken編集部のみなさま、そして素敵なイラストで作品に色をそえてくださった酒井《さかい》以《いさね》さまに、心より感謝申し上げます。

ではでは、また次の本で、お会いできるのを楽しみにしています！

古都《こと》　こいと

古《こ》都《と》こいと

東京都出身。第4回ポプラ社小説新人賞にて最終候補。『絵本処方院ウサミの謎カルテ』(ポプラ社)でデビュー。本作品で第32回小川未明文学賞大賞を受賞。

酒井《さかい》以《さね》

イラストレーター。作品に、『かみさまにあいたい』(ポプラ社)、『ドロップイン!』(金の星社)、『誰も知らないのら猫クロの小さな一生』(Gakken)など。

〈小川未明文学賞《おがわみめいぶんがくしょう》〉大賞作品《たいしょうさくひん》　刊行《かんこう》のことば

詩情《しじょう》あふれる幻想的《げんそうてき》な作品を数多く残《のこ》した小川未明は、社会で苦《くる》しむ弱い立場の人々《ひとびと》に深《ふか》く思いを寄《よ》せ、理不尽《りふじん》な出来事《できごと》に対《たい》して憤《いきどお》りを抱《いだ》いた作家でした。

小川未明文学賞は、未明の精神《せいしん》である「誠実《せいじつ》な人間愛《にんげんあい》と強靭《きょうじん》な正義感《せいぎかん》」を受《う》けつぎ、未来《みらい》に生きる子どもたちにふさわしい児童《じどう》文学作品の誕生《たんじょう》を願《ねが》って、一九九一年（平成《へいせい》三年）に創設《そうせつ》された公募《こうぼ》による文学賞です。賞の運営《うんえい》は、未明のふるさと新潟県上越市《にいがたけんじょうえつし》と小川未明文学賞委員会《いいんかい》によって行われ、受賞《じゅしょう》作品はＧａｋｋｅｎが刊行《かんこう》しています。

創設《そうせつ》より四半世紀《しはんせいき》にわたり、本賞は理想《りそう》と現実《げんじつ》の問題《もんだい》に真摯《しんし》に取りくむ児童文学作家を世《よ》に送《おく》りだしてきました。これからも、みずみずしい感性《かんせい》に満《み》ちた作品が新たに生まれ、明日を担《にな》う子どもたちに長く読みつがれてゆくことを心より願っています。

主催／新潟県上越市・小川未明文学賞委員会
協賛／Ｇａｋｋｅｎ
後援／文化庁・新潟県・早稲田大学文化推進部・上越教育大学・日本児童文学者協会・日本児童文芸家協会

あなたは、どの作品《さくひん》と出会いますか？

多くの作品《さくひん》の中から選《えら》ばれた、小川未明《おがわみめい》文学賞《ぶんがくしょう》の大賞受賞作品《たいしょうじゅしょうさくひん》。読みごたえのある作品《さくひん》がたくさんあります。

（小学校中学年向け）

『四年《よねん》ザシキワラシ組《ぐみ》』

こうだゆうこ・作　田中六大・絵

クラスで目立ちたくない小松君《こまつくん》。ある日、古い本棚《ほんだな》に住《す》むザシキワラシと話すようになり、学級委員《がっきゅういいん》になってしまって……。

『カステラアパートのざらめさん』

島村木綿子・作　コマツシンヤ・絵

拾った子ねこを飼《か》うため、引っこしをした小四のこのみ。そこには、魔女《まじょ》とうわさされる大家さんがいて……。

（小学校高学年向け）

『湊町《みなとまち》の寅吉《とらきち》』

藤村沙希・作　Minoru・絵

時は江戸《えど》時代、にぎわう新潟湊《にいがたみなと》。いたずら好《す》きな寅吉《とらきち》は、ある事情《じじょう》から祭りの日に芝居《しばい》に挑《いど》むことになってしまい……。

『ぼくに色をくれた真っ黒な絵描《えか》き シャ・キ・ペシュ理容店《りようてん》のジョアン』

北川佳奈・作　しまざきジョゼ・絵

フランスのパリ。ある日をさかいに、父の友人の理容店《りようてん》で働くことになった少年ジョアンは、一人の男と絵に出会う。

『屋根に上《のぼ》る』

かみやとしこ・作　かわいちひろ・絵

自宅《じたく》の屋根に寝転《ねころ》がるのが好きな皓《こう》は、中一の夏、大工の村田さんと元同級生《もとどうきゅうせい》の一樹《いっき》に出会う。最初《さいしょ》は一樹《いっき》が苦手な皓《こう》だったが……。

『今日もピアノ・ピアーノ』

有本綾・作　今日マチ子・絵

お母さんにゲームをぼっしゅうされてしまった小六の海斗《かいと》。塾《じゅく》へ向かうとちゅう、駅のピアノをひくおじいさんに出会い……。

「日本のアンデルセン」と呼《よ》ばれた小川《おがわ》未明《みめい》

（1882年〜1961年）

小川《おがわ》未明《みめい》文学賞《ぶんがくしょう》は新潟県上越市《にいがたけんじょうえつし》出身《しゅっしん》の小説家《しょうせつか》・童話《どうわ》作家、小川《おがわ》未明《みめい》にちなんでつくられた賞《しょう》です。
小川《おがわ》未明《みめい》とは、どんな人なのでしょう？

作品《さくひん》の原点

少年時代《じだい》の未明《みめい》は、雪深《ゆきぶか》いふるさとの自然《しぜん》に心を動《うご》かされ、詩《し》を書いていました。その体験《たいけん》は作品《さくひん》に生かされ、美《うつく》しい自然《しぜん》をモチーフにした作品《さくひん》も、たくさんつくりました。

一二〇〇編《へん》もの童話《どうわ》を書いた人

小川未明《おがわみめい》は、早稲田《わせだ》大学の学生時代《じだい》に、小説家《しょうせつか》の坪内逍遥《つぼうちしょうよう》やラフカディオ・ハーン（小泉八雲《こいずみやくも》）から指導《しどう》を受《う》けました。一九六一年に七九歳《さい》で亡《な》くなるまで、童話《どうわ》を書きつづけ、未来《みらい》の子どもたちのために一二〇〇編以上《へんいじょう》のお話をつくりました。

上越市《じょうえつし》は、海と山にかこまれた自然豊《しぜんゆた》かなところ。高田城《たかだじょう》のある公園は桜《さくら》の名所《めいしょ》としても有名《ゆうめい》。

〈代表作《だいひょうさく》を読んでみよう〉

今も多くの人に愛《あい》されている作品《さくひん》を紹介《しょうかい》します。

・赤いろうそくと人魚

人魚の子どもを拾《ひろ》った、ろうそく屋《や》の老夫婦《ろうふうふ》。やがて美《うつく》しい娘《むすめ》に育《そだ》ち、娘《むすめ》のろうそくに描《か》く絵が評判《ひょうばん》になりますが……。

・野ばら

隣《とな》りあったふたつの国。それぞれの国境《こっきょう》を守《まも》る、青年《せいねん》と老人《ろうじん》の兵士《へいし》は親《した》しくなります。しかし、やがて戦争《せんそう》が始《はじ》まり……。

・月夜とめがね

ある月のきれいな晩《ばん》、おばあさんは針仕事《はりしごと》をしていました。不思議《ふしぎ》なめがね売りがあらわれ、めがねを買いました。

未明《みめい》のふるさとを訪《たず》ねよう

新《にい》潟《がた》県《けん》上《じょう》越《えつ》市《し》

未明《みめい》が生まれ育《そだ》ち、その作品《さくひん》に多くの影響《えいきょう》をあたえた上越市《じょうえつし》には、今も未明《みめい》を感《かん》じることのできる場所《ばしょ》があります。

未明《みめい》ゆかりの地《ち》

上越市《じょうえつし》には、未明《みめい》の生家があった場所《ばしょ》を伝《つた》える「小川未明生誕《おがわみめいせいたん》の地」の碑《ひ》や、未明《みめい》の父・澄晴《すみはる》によって建《た》てられた、上《うえ》杉謙信公《すぎけんしんこう》をまつる、春日山神社《かすがやまじんじゃ》などがあります。

春日山神社《かすがやまじんじゃ》。未明《みめい》の「雲のごとく」という詩《し》が刻《きざ》まれた石碑《せきひ》や童話《どうわ》をモチーフにした石像《せきぞう》もあります。

「小川未明生誕《おがわみめいせいたん》の地《ち》」の碑《ひ》。未明《みめい》は生まれてまもなく、元気に育《そだ》つようにと、隣《となり》のろうそくづくりの家に預《あず》けられました。

〈小川未明文学館《おがわみめいぶんがくかん》へ行ってみよう〉

小川未明文学館《おがわみめいぶんがくかん》では、小川《おがわ》未明《みめい》の作品《さくひん》、生い立ち、作品《さくひん》がうまれた時代背景《じだいはいけい》などをわかりやすく紹介《しょうかい》しています。

昔《むかし》の貴重《きちょう》な本や自筆《じひつ》の原稿《げんこう》、資料《しりょう》、作品《さくひん》などを展示《てんじ》しています。

実際《じっさい》に未明《みめい》が過《す》ごした部屋《へや》が再現《さいげん》されています。

「童話体験《どうわたいけん》のひろば」では、作品《さくひん》の読み語りや代表作《だいひょうさく》「赤いろうそくと人魚」や「金の輪《わ》」などのアニメの上映《じょうえい》もしています。

◎開館：火~金曜日　10:00~19:00（6~9月は20:00まで）　土・日・祝日　10:00~18:00
◎休館：月曜日（祝日の場合は翌日）、毎月第3木曜日、祝日の翌日、年末年始、図書整理期間
◎アクセス：〒943-0835 新潟県上越市本城町8番30号（高田図書館内）
高田駅からバスで5分・「高田城址公園」下車徒歩5分　◎入館料：無料
◆TEL：025-523-1083
◆ホームページ：https://www.city.joetsu.niigata.jp/site/mimei-bungakukan/

ティーンズ文学館

きさらぎさんちは今日もお天気

2024年12月3日 第1刷発行

作　古都こいと
絵　酒井 以
デザイン　bookwall

発行人　川畑 勝
編集人　高尾俊太郎
企画編集　甲原海璃　岡澤あやこ
編集協力　山本耕三
DTP　株式会社アド・クレール

発行所　株式会社Gakken
〒141-8416 東京都品川区西五反田2-11-8

印刷所　TOPPANクロレ株式会社

この本に関する各種お問い合わせ先
●本の内容については、下記サイトのお問い合わせフォームよりお願いします。
https://www.corp-gakken.co.jp/contact/
●在庫については　Tel 03-6431-1197(販売部)
●不良品(落丁·乱丁)については　Tel 0570-000577
学研業務センター　〒354-0045 埼玉県入間郡三芳町上富279-1
●上記以外のお問い合わせは　Tel 0570-056-710(学研グループ総合案内)

NDC913 192P